錆《さ》びない生き方

五木寛之

毎日新聞出版

まえがきにかえて

名言、格言などというと、千年も昔の古典から引っぱりだしたものを想像するだろう。

しかし私が思う千年の名言とは、いま、この時代に生まれて、今後、千年も後まで残る明日の言葉、である。

学者や思想家の言葉だけではない。アスリートや経営者、そして生活者の言葉のなかに、不朽の名言が隠されているのだ。

私たちは日々の生活に追われて、そんな日常的な言葉を見すごすことが多い。週刊誌や新聞、そしてテレビ番組やインタビューのなかにも、現代の名言は隠されているのではないか。

右を見ても、左を見ても、息苦しい世の中である。誰も明日の世界を予測することはできない。

そんななかで、磁石の針のように一つの方向を指し示してくれる言葉がほしい。この一冊の本に集められた言葉たちは、まちがいなく読む人の心を励ましてくれるだろう。

私自身、単行本を構成する作業のなかで、あらためてそれを感じた。雨風にさらされても、折れず、錆びない、そんな力がこれらの言葉の中に秘められている。

ともすれば挫《くじ》けそうになる心を、たしかに支えてくれる言葉たちだ。
私もまたそれらの言葉に励まされて今日を生きている。
これらの言葉の力が、読者の皆さんの心に確かにとどくことを信じながら。

五木寛之

目次

錆《さ》びない生き方

第一章　いま、その時の言葉から

今日一日だけは、彼らへの憧れを捨てよう

大谷翔平

アスリートは思想家である

「ファーストにゴールドシュミットがいたり、センターみたらマイク・トラウトがいる。外野にムーキー・ベッツがいたりとか。

野球やっていれば誰しもが聞いたことがあるような選手たちがいると思うんですけど、今日一日だけは、やっぱ憧れてしまったら超えられないんで。

今日、超えるために、トップになるために来たんで。今日一日だけは彼らへの憧れを捨てて、勝つことだけ考えていきましょう。さあ、いこう！」

これはWBCの対米国チームとの決勝戦の前に、大谷翔平選手がチーム全員に声かけをしたときの言葉である。

〈憧れるのをよそう〉

というのではない。今日一日、この試合のあいだは、乗りこえる相手だと決意しよう、というアピールである。私たち旧世代は、日本海海戦のときの連合艦隊の指揮官が発した「さあ、いこう！」の合図を記憶している。

〈皇国《こうこく》ノ興廃《こうはい》コノ一戦ニアリ。各員一層奮励《いっそうふんれい》努力《どりょく》セヨ〉

とか、そんな信号だったと思う。

〈今日一日は、憧れを捨てよう〉

という決意は、永く記憶されていい名文句である。東郷元帥《とうごうげんすい》が生きていたら、なんと言っただろうか。

憧れは、乗りこえるためにある、と確信して、その通りになった。大谷選手は凄《すご》い。

LOVEよりLIKEは長続きする

俵 万智

ソーシャルディスタンスの可能性

『サラダ記念日』が出たとき、時代の密室に窓が開けはなたれたような気がしたものだった。

俵万智《たわらまち》さんの歌集『未来のサイズ』（角川書店）の中に出てくるのが、このフレーズである。

〈だからって引き返せないエレベーターLOVEよりLIKEは長続きする〉

俳句のなかに滑稽《こっけい》が埋めこまれているように、短歌にも諧謔《かいぎゃく》という隠し味がある。ユーモアにはペーソスが隠れているし、ウイットにも批評がある。しかし諧謔には人生の真実をありのままに認めようとする諦観を感じると言えば大袈裟《おおげさ》すぎるだろうか。

ＬＯＶＥは「三密」のなかにある。新型ウイルスの蔓延《まんえん》以後、私たちの人間関係はソーシャルディスタンスを意識せざるをえなくなった。

濃厚《のうこう》なキスから、投げキスへ。

しかし、どこかの哲学者が言った「孤独は山の中にはない。街の中にある」という言葉を裏返せば、「愛もＬＯＶＥだけではない」と言えそうだ。

友情もそうだ。「君子の交わりは淡《あわ》きこと水の如《ごと》し」とは千古《せんこ》の名言である。俵万智のこの歌の中には、コロナ以後の人間関係を暗示するものがあるのではないだろうか。

「この国を愛する」という感情から、「この国が好きだ」「この国が気に入っている」といった気持ちへ。

それも一つのソーシャルディスタンスかもしれない。

よき人に近づけば不覚《おのずと》よき人となるなり

『正法眼蔵随聞記《しょうぼうげんぞうずいもんき》』

わかってはいるけれど……

白昼《はくちゅう》、銀座の高級時計店強盗事件には驚いた。ロケの撮影現場と思った人もいるというが、当然だろう。白昼堂々、という言葉をあらためて思い出した犯行である。

犯行におよんだのは、十代の若い世代だったらしい。背後にいるリーダーから指示を受けての行動だったようである。

彼らが近づいたのは、悪《あ》しき先輩だった。

それを運命と見るのは、ためらわれるところがある。

〈不覚〉とは、思わず知らず、ということだろう。自然に、と解してもいいかもしれない。しかし、「善に近づけば善き人となり、悪に近づけば悪人となる」、と考えるだけでいいのだろうか。

人はたしかに身近な人の感化を受けるものだ。良き友を得ることは、一生の幸せであると言ってもよい。しかし、悪友もまたマイナスばかりではないのだから世の中はむずかしい。私自身、中学、高校と、少年時代に結構《けっこう》、悪友にはめぐまれていたと思う。

悪友にめぐまれていた、というのは変だが、彼らから受けた影響は必ずしもマイナスだけではなかった。だからこそ若者たちのなかには、悪人と知りつつ接近していく場合もあるのではないか。

人との出会いは運である場合も多い。努力して善に近づこうとして、なしえなかった者の悲哀《ひあい》というものを、ふと思わずにはいられないのである。

負うた子に教えられ

ことわざ

背後からきこえる声に

背中に何かを背負うことは、重荷である。背中や肩に荷をのせて支えることを「負う」というのは、それが辛《つら》い、厄介《やっかい》なことだという感覚があるからだろう。

負うた子、とは、自分より幼い者、自分が保護している弱い者のことである。人は必ずしも偉大な人間や自分より優れた相手から何かを教わるわけではない。

地面にうごめくアリを見て何かを感じることもある。動物から学ぶこともある。いわんや、幼い子供や赤ん坊のなにげない仕草や態度に教えられることがあるのは当然のことだ。

人は大人になるにつけ、本来の自然な感性を失っていくものである。忖度《そんたく》や配慮、過度の自負や劣等感など、さまざまなバイアスが作用して、行動を歪《ゆが》めたり、反応をおくらせたりする。

そんなとき、単純素朴な感性から発せられる言葉が、天の啓示のように働くことがあって、そのときハッと気づくこともあるのではないか。負うた子に教えられ、とは、そんな場面で人が思わず発する嘆息である。

私たちは皆、見えない子を背中にしょっている存在なのだ。そこから伝わってくる言葉を、直感とか、虫の知らせなどという。

頭で考えるだけでなく、感じることも人が生きていく上での不可欠な方法である。幼児にかぎらず、背後からきこえる素朴な声に耳を傾ける必要があるのだ。

残りものに福

ことわざ

ふり返ればそこに――

時代は競争社会である。一歩でも先行したものが有利だと誰もが知っている。
そんななかで、あえて後塵《こうじん》を拝《はい》することは敗者となる可能性が高いと信じられている。
しかし、本当にそうだろうか。
最先端の技術を育てることが有利であるというのは、ひょっとすると近代の迷信かもしれない。

健康ということについてもそうだ。ハードなトレーニングが、強い肉体を作るとは限らない。人におくれても、ゆっくり歩くことの効用というものはある。

私たちは呼吸する動物である。息せき切って走ったとしても、必ずしも成功するとは限らない。呼吸ひとつとってもそうだ。「吸」のほうにばかり気をとられて、「呼」のほうを忘れる傾向がありはしないか。

先行するばかりが有利とは言えないだろう。人の後からゆっくりついていく生き方もある。私たちは戦後ずっと走り続けてきた。うしろをふり返るより、先へ先へと背後をふり返るいとまもなく進んできたのだ。

いま、この国も、そして私たちも、少しずつスピードを落として歩くことを意識しつつある。ベンチャーという言葉が、キラキラとまぶしかった時代は過ぎたのだ。

大事なものをふり返って、ゆっくりと味わうことは文明の成熟《せいじゅく》とも言えるだろう。なにを置き忘れてきたのか、ふり返る時期がようやくきた。

ウソも方便

ことわざ

人は励ましを求めている

人間は一人で生きるわけではない。どんなに世間と没交渉で生きたいと思っても、完全な孤独などはありえないのだ。

人間とは、〈人の間《あいだ》に生きる〉存在だといわれる。

他人と接して生きる以上、お互いに思いやりをもって接しないわけにはいかない。思いやりのなさは、粗暴《そぼう》な行動とか正直でないとか、そんな行動に表れるものだが、それだけではない。

正直すぎる、率直すぎる、というのも一つの悪徳ではないか、と私は思う。

その日、はじめて会った人に、

「おや、なんだか少し顔色が悪いようですね。徹夜《てつや》でお仕事でもなさったんでしょう。どうぞ、お大事に」

と、いきなり言われて嬉《うれ》しい人がいるだろうか。相手が、いかにも気遣っている感じで眉《まゆ》をひそめたりすると、なおさら不愉快になってくるのだ。

「昨夜は完全徹夜をしてしまってね。このところ仕事が立てこんでいて」

と、こちらがさも疲れたそぶりで言ったときに、首をふって、

「いや、いや、全然そんなふうには見えませんよ。いつまでもお元気でうらやましい」

などと、応じてくれるのが良い編集者なのだ。

欠点を指摘するより長所をみつけてほめる。たとえ見えすいたウソでも、それによって励まされる場合も少なくないのである。方便とは仏教思想の到達点の一つなのだ。

天才にはなれない
だから、努力で天才に勝つ

稀勢の里

諦める勇気から

稀勢《きせ》の里《さと》は、遅咲きの横綱である（現在は年寄・二所ノ関）。その彼が中学生のころ、卒業文集に萩原寛《はぎわらゆたか》という本名で寄せた言葉に、こんな趣旨の文章があったそうだ。うーん、なるほど。少年にしてこの見切りは凄いと感嘆した。

やる気は諦めから生まれる。天才というのは生まれつきのもので、努力してなれるものではない。そうはっきりと諦める。このアキラメルというのは「明らかにキワメル」という仏教語で、決して投げだすことではない。

どんなに苛酷《かこく》な現実でも、目をそらさずに直視する。人生とはそういうものだと覚悟する。「明らかに究《きわ》める」ことによって、新しい針路が見えてくる。

「そうか、おれは天才じゃないんだな」と自覚して、「それなら努力に徹して天才を超えてやるんだ」と自分の針路を見定める。

天才である、と自分を錯覚する人がいる。天才でないことを嘆《なげ》く人もいる。天才の真似をする人もいる。天才になれないと絶望する人もいる。しかし、自分が天に選ばれた人間でないのなら、自分で道を選ぶしかないだろう。

こういう考え方を、横超《おうちょう》といった。正面から超えられない壁なら、横ざまに超えるしかない。要するに発想の転換である。

努力が勝つ、のではない。

努力で勝つのだ。勝負の道の厳《きび》しさを、あらためて思った。いい言葉だ。

やればできる

竹村健一

言葉を超える力

若い頃、北海道で講演をした。真冬の札幌の町はずれの公民館だった。ストーブの具合が悪く、室内に煙がたちこめ、ひどく寒かった。集ってきたのは高齢者が中心で、百人たらずの聴衆が背中を丸めて無言で座っている。

演題が悪かったのかもしれない。私が真剣に話せば話すほど、会場の空気は冷えこむ一方だった。

講演を終えて外に出ると、帰途につく人々が冷たい風の中をとぼとぼと歩いていく姿が見えた。講演会の立看板が倒れて道路に転がっている。『人生の無常《むじょう》』というのが、その日の私の演題だった。

がっかりして歩いていくと、大きな新築のホールがあった。そこでも講演会の催しがあり、いましも終わったところらしく聴衆がぞろぞろ出てくる。若いビジネスマンふうの客が多く、頰《ほお》を紅潮《こうちょう》させて、声高《こわだか》に講演の感想などを語りながら、いかにも活気のある風情である。

一体どこのどんな人がこんなふうに観客を熱くさせるのだろうかと、好奇心から会場をのぞいてみた。講師は当時テレビなどで大活躍していた竹村健一《たけむらけんいち》さんだった。演題が『やればできる』。

なるほど、と納得した。翌月、四国で講演をしたとき、演題を『やってできないことはない』と変えてみたが、全然だめだった。話の内容が同じだったわけだ。口先だけの問題ではないな、と身にしみたものだった。

破《わ》れ鍋に綴じ蓋

ことわざ

同質志向を超えて

昔からよく耳にしていた言葉だが、今日までずっと間違って憶《おぼ》えていたのが「綴《と》じ蓋《ぶた》」という言葉である。

なんとなく壊れた鍋の上にのせられた、安っぽい木の蓋をイメージしていたのだ。〈閉じ蓋〉だと思っていたのである。

今回、辞書を引いてみて、これが〈綴じ蓋〉であると知ってびっくりした。九十年生きてきても、実は間違ったことばかり憶えているらしい。〈綴じ蓋〉とは、〈壊れたものを修理した蓋〉のことだそうだ。なるほど。ちなみに、溶いた卵などをかけて煮物をまとめることも〈綴じる〉という。そういえば〈卵とじ〉とはよく耳にする言葉である。

この〈破れ鍋に綴じ蓋〉という表現は、いまでも結構、会話の中で使われる日常語である。

「破れ鍋に綴じ蓋で、まあ、釣り合ったカップルじゃないですか」

などと、揶揄《やゆ》する場合が多い。その根底には、身分とか、格差とかいった時代相が反映しているようだ。昔は結婚するにしても、そこそこ釣り合っていることが大事だった。私たち日本人の中に、時代を超えて受けつがれている同質志向がよく反映されている言葉だ。

しかし、現代ではハードルを越えることが美徳とされている。釣り合いがとれないポップな生き方も少しずつ増えてくるだろう。破れ鍋もオブジェとして見直されているのだ。

本を読むときに、すぐタイパのことを考えちゃう

ある テレビタレント

金と時間の世の中だ

〈コスパ〉という言葉が流行したときに、〈費用対効果〉のことだと教わって納得したことがあった。〈コストパフォーマンス〉のことである。

結果に対して、いくら金がかかったかが問題だ、という考え方だろう。最近、〈タイパ〉という言葉を聞いて、なるほどと納得したのは〈コスパ〉からのヒントである。〈タ

イムパフォーマンス〉のことらしいと、すぐに納得した。

〈時は金《かね》なり〉という立場に立てば、〈タイパ〉は当然の発想だ。大学生のとき『戦争と平和』を夏休み中に読破しようとがんばったが駄目だった。最近の若い世代の感覚からすると、タイパに合わない滑稽な計画としか思えないのではあるまいか。

『カラマーゾフの兄弟』を一生読まずに過ごすのと、〈三十分でわかる『カラマーゾフの兄弟』〉で読むのとでは、どちらがいいだろうと相談されて答えに窮《きゆう》したことがある。

一般の教養人なら、「ダイジェスト版で読むくらいなら、むしろ手に取らないほうがまし」と答えるだろう。

しかし、世の中はいま、それとは反対の方向へと疾走し続けている。いっそチャットGPT（対話型AI）にダイジェストを頼んだら、という答えもあるかもしれない。

人の一生はコスパでは計れない。ましてタイパで云々《うんぬん》するのは無理だろう。しかし、現代は無理が通り、道理がひっこむ時代なのだ。

旅行は、できる時にしておくものだな

北方謙三

十字路の先に見えるもの

「まだ東欧圏だったころのハンガリーで、ブダペストの通りを歩いていた」と、こんな調子ではじまるのは、『十字路が見える』（完全版・十字路が見えるⅡ「西陽の温もり」／岩波書店）に収録された「望郷の唄が聴えてきた」の一章である。

全四冊のこの雑文集（あえて雑文と呼ぶ）を読むと、北方謙三《きたかたけんぞう》という小説家の内臓を温かいまま皿にのせて差しだされたような感じがする。読んでいて血が騒ぐ気配を感じたのは、私にもまだ客気というものがかすかに残っていたからだろう。

いまどき作家のエッセーなど読む読者は、さほどいないはずだ。小説家の牧歌的な時代は吉行淳之介《よしゆきじゅんのすけ》、遠藤周作《えんどうしゅうさく》、安岡章太郎《やすおかしょうたろう》、北杜夫《きたもりお》ら「第三の新人」がたと共に終わったといっていい。しかし、そんな時代にドン・キホーテのごとく孤旗《こき》をかかげて荒野を疾走するのは作家、北方謙三ぐらいのものではあるまいか。

異国の街角で出会った娘二人と母親の部屋に、彼は躊躇《ちゅうちょ》することなくついていく。そこで『存在の耐えられない軽さ』を思い出しながら娼婦にもなれない娘たちと食事をする。小説ではない。そんな非日常が日常であるような彼はもの書きなのだ。

十字路に立つとき、人はどの道を選ぶのか。それは君たち各人の選択だ、と北方謙三は究極の問いをなげかける。壮士《そうし》ひとたび去りてまた還らず。希代の放浪者の背中に漂う哀愁もまた、作家の卓抜《たくばつ》な才能だろうか。面白い。

おりてしまえば気は楽であった

井上 靖

世間に隠遁するということ

井上靖《やすし》さんは大人であった。

オトナではなく、中国でいう「大人《たいじん》」である。

金沢の旧制四高にいらした縁で、泉鏡花《いずみきょうか》文学賞創設の際も、日本ペンクラブ革新運動のときも、ずいぶんお世話になった恩人のお一人である。

井上さんは職業作家になられる前は、毎日新聞の記者をやっておられた。学生の頃、『サンデー毎日』の小説コンクールで何度も入選された縁でもあろうか。

当時のジャーナリズムは、まだ切ったはったの修羅場《しゅらば》であったが、新人記者の井上さんは、その世界についていくことのできない自分を感じていたようである。入社まもなく、新聞社内の激烈な競争からは、おりてしまった、とご自分で書かれている。

おりてしまえば、気は楽だ。あたりを見回せば、周囲に同じようにおりた仲間や先輩がたくさんいることに気付く。

おりていない人たちと、おりた人では、顔つきも歩き方もちがう。おりた人は、どこかのんびりして、自分というものを持っている気配がある。競争社会のなかにあって、おりるということは脱落者のように思われがちだが、そうではない。上るのもおりるのも、それぞれの生き方だ。

諦めるということは、一つの決意である。中世の隠遁《いんとん》者たちは、山林にこもるのではなく、逆に世間に隠れ住んだのだ。文壇《ぶんだん》的には成功者のように見られる井上靖とは、そういう人種だった。

脳は「予備力」のある器官である

和田秀樹

『ボケかた上手』のすすめ

高齢者にとって最も恐ろしいのは、体の各部の衰《おとろ》えよりも、むしろ精神活動の劣化《れっか》である。血圧が不安定でも、がんの予兆を抱えていても、それは立ち向かうべき困難だからだ。

しかし、認知症となると、戦うべき相手がみつからない。

「ちょっとボケてきたんじゃない？」

と、家族や友人から指摘されて、それを謙虚《けんきょ》に受け入れることができるのは、限られた少数の人だろう。

人の名前が思い出せないなどの兆候は、だれにでもある。きのう食べた献立《こんだて》を忘れたところで、大したことではない。認知症の恐ろしさは、症状が自覚できないところにある。

自分はボケ始めたのだろうかと自問自答し、それを客観的に確認できるようであれば、それはボケではない。加齢による諸器官の衰えである。心の老眼であり、精神の難聴にすぎない。老眼も難聴も不自由ではあっても、恐怖心を抱く怪物ではないだろう。

精神科医であり、思想家でもある和田秀樹《わだひでき》さんは、「人間の脳には予備力がある」と指摘している。一千億の神経細胞の大半は活用されないままに終わる。これを刺激して開発すれば、老化する神経細胞の働きをカバーすることが可能かもしれない、と。

ボケは各人各様だ。それは加齢の宿命である。だとすれば、それを受け入れて、より良いボケに向けてコントロールできないものだろうか。楽しみな課題である。

みんなちがって、みんないい。

金子みすゞ

人それぞれの生き方

東日本大震災のあと、テレビから不思議な言葉がしきりと流れてきた。金子みすゞの詩の一節だと人に教えられて、なるほどと納得するところがあった。

金子みすゞは明治三十六年生まれの童謡《どうよう》詩人である。

当時の童謡詩の雑誌、『赤い鳥』や『金の星』などに投稿して、西條八十《さいじょうやそ》やその他の詩人に激賞《げきしょう》された。いまでは考えられないが、かつて童謡や童謡詩が一世を風靡《ふうび》した時代があったのだ。

彼女の作品のなかで、もっとも有名なのは『大漁』という短い詩である。

〈朝焼小焼《あさやけこやけ》だ　大漁だ　大羽鰮《おおばいわし》の大漁だ。浜はまつりの　ようだけど　海のなかでは何万の　鰮のとむらい　するだろう。〉

胸にグサリと突き刺さる詩である。しかし私たちは、そんなことを考え続けて生きてはいけない。とはいえ、そのことを全く無視して生きることもできないのだ。金子みすゞは、やがてみずから命を絶《た》つことになる。

〈みんなちがって、みんないい。〉

というのは、『私と小鳥と鈴と』という作品の結びのフレーズである。人は空を飛べない。しかし鳥は人間のようには走れない。それぞれの命には、それぞれの姿がある。私たちはとかく他人と自分をくらべて迷いがちだ。だが、人にもそれぞれの個性がある。それを認めようとするところに何かがあると思う。

痛い、痛い、この痛みがかなわん！

鈴木大拙

精神を支える人間の身体

山田風太郎《ふうたろう》の『人間臨終《りんじゅう》図巻』（徳間文庫）は、私の座右《ざゆう》の書の一冊である。その巻末のほうで〈九十六歳で死んだ人々〉の章に、鈴木大拙《だいせつ》の話が出てくる。仏教哲学者、といっていいかどうか迷うところだが、東洋的思想家としての大拙の評価は国際的に高かった。

彼は九十歳のとき、はじめて人間ドックに入ったという。いろんな問題がみつかったが、一日四時間の執筆を欠かさなかった。九十六歳の夏、例年通り軽井沢へ行く予定で、弟子と元気よくあいさつを交わした。ところが、その翌朝からはげしい腹痛を訴え、嘔《おう》吐《と》が反覆し、「痛い、痛い、この痛みがかなわん！」とさけびながら、救急車で東京の聖路加国際病院に運ばれたが、交通渋滞のため三時間もかかったという。

結局、一九六六年七月十二日午前五時過ぎに息をひきとった。

私は以前、生前に大拙の仕事場だった山荘を訪れたことがある。急な石段が続いて、息が切れたことを思いだす。

希有《けう》の思想家として九十六歳の長寿を果たせたのは、大拙師の頑健な身体だろうか。それもあるだろうが、私は師の精神力ではないかと想像するのである。

限りない知的好奇心と思索は、身体的強健さ以上に人間の生命を支える力なのではあるまいか。

しかし、それでもなお人間は痛みつつ世を去らなければならない。

あらためてそのことを痛感させられる言葉だ。

大悟するとは小さい悟りをかさねること

水上 勉

小悟すらおぼつかなくて

「大悟徹底《だいごてってい》」などという言葉がある。

「大悟」とは、文字どおり大いなる悟《さと》りのことだろう。真理を追求する人間の究極の目的といっていい。

ここに引いたのは、作家の水上勉《みずかみつとむ》が日経新聞の「私の履歴書」の中で紹介していた言葉である。

水上勉は八歳のとき京都の相国寺にあずけられ、小僧として修行の生活を送った。そのときの見聞は多くの作品に深い影を落としている。

さまざまな遍歴ののちに作家となった水上勉がのちに、尊敬する老師に向かって、「大悟するとはどういうことですか」とたずねたときの答えが右に掲げた言葉である。

大きな悟りというのは、人間生死の意味だろう。それを知るためには、日々の小さな悟りを積み重ねていくしかない。その言葉が深く心に残ったと水上勉は書いている。

人の暮らしというものは、小さな悟りどころか、日々、雑念のくり返しだ。そんな中で何をみつけることができるのだろうか。

小さく悟ることすらままならぬ現代人にとって、大悟への道はほとんど視界の外にある。「生きること」と「生活すること」は、ちがうと感じ続けてきた私には、「小悟」すら見出すことはむずかしい。

ならば「悟り」を「悩み」と言いかえれば、少しは納得がいく。「大悟」とは、大きな悩みから発する心境だろう。迷いの日々が今も続いている、と水上勉は書いていた。

二河白道《にがびやくどう》

善導

他力か自力かではない

〈他力《たりき》〉という言葉を最近しばしば耳にするようになった。〈他力の資本主義〉などという見出しを新聞紙面に見ることもある。〈二河白道〉とは、つとに有名な仏教用語である。西方浄土をめざして歩いていくと、目前に二つの大河が出現するのだ。

火の河と水の河の中間に細い危険な道がある。燃える河と激流の河。たじろげば背後に凶悪な賊たちが迫ってくる。絶体絶命《ぜったいぜつめい》のピンチである。

そのとき手前の岸からは「行け」という声が響く。西の対岸からきこえてくるのは「来い」という仏の声。

その両方の声にはげまされて、人は危うい白道を渡って対岸へと渡り切る。「行け」の声にはげまされて決死の勇をふるいおこしたのは自力の働きか。それとも「来い」という声にみちびかれて彼岸へ達したのか。

「来い」という声を「他力」の声と考えるだけでは、白道渡河の決断はつかない。それは「自力」だろう。しかし、「行け」の声に意を決して白道へ踏み入ったとすれば、それは「他力」の働きである。

「他力か」「自力か」は、反対の思想ではない。みずから思い決して進路を選ぶところにも、「他力」の光がさしている。

「他力」と「自力」は相反する思想ではあるまい。〈自他一如〉という世界がある。

〈他力の資本主義〉などと軽々に叫ぶのは、なんとなくうさんくさいような気がするのだ。

自分の身の回りでできることから少しずつ解決するしかない

柳田邦男

コロナの時代にできること

これは読売新聞のインタヴュー記事のなかで、柳田邦男《やなぎだくにお》さんの発言として紹介された言葉である。

未曽有《みぞう》のコロナ禍のなかで、私たちはどう生きるか。「絆《きずな》」から「ソーシャルディスタンス」への大転換のなかで、誰もが不安のなかで孤立していた。

「この時代に人間は何をよすがに生きるのか」という問いに、「自分の身の回りでできることから少しずつ」という答えに、思わず胸をなでおろす読者も多いことだろう。

古代中国、戦国時代に生きた秀才、屈原《くつげん》は、失意を抱えて大河の岸辺に天下の乱れを慨嘆《がいたん》し悲泣《ひきゆう》する。

それを聞いた一介の漁師は、肩をすくめて小舟の船端《ふなばた》を叩《たた》きながら歌いつつ去っていくという伝承だ。

〈滄浪《そうろう》の水が清らかに澄んだときは　自分の冠《かんむり》の紐《ひも》を洗えばよい　もし滄浪の水が濁ったときは　自分の足でも洗えばよい〉

濁世《じよくせ》を嘆いて泣いているだけでは駄目だよ先生、ということだろう。外へ出られないときは、本でも読めばいい、と最近しきりに言われている。ではどんな本を読むか。

柳田さんは著書『人生の1冊の絵本』（岩波新書）のなかで、百五十冊ほどの絵本をとりあげた。なぜ、いま絵本なのか。

「絵本は人に悲しみや死を受け入れさせるような力をもっている」からというのだ。いたずらに嘆くよりも、身の回りでできることから少しずつ解決するしかない、という言葉に共感する人は少なくないだろう。

アレルギーは拒否の姿勢からおこる

多田富雄

鼻の下の二本棒の効用

希有な免疫学者だった故・多田富雄《ただとみお》さんは、雑菌との共存が失われた時代を、くり返し嘆いていた。

「私が子供だったころは、小学生は鼻の下に二本の青い洟《はな》を垂らしていた。それを袖口《そでぐち》で拭《ふ》くので袖口がテカテカになっていたのが懐かしい」

と、多田さんは名著『免疫の意味論』の中で述べている。

子供が垂らしていた青洟には緑膿菌《りよくのう》を含む多数の細菌がいた。それが喉《のど》や鼻を通して粘膜に分布している免疫系を強く刺激する。そのことによって幼い頃から自然に免疫の働きがそなわることになる。

「あまり手洗いをやりすぎる子供も、細菌に弱いようです」

Ｏ157の食中毒事件で、発病した子としなかった子がいたのは、よく知られた事実である。あまり清潔にしすぎると、免疫系の発達が不十分になる。妙な話だが、事実だろう。手を洗えばいいというものではない。

良き友に恵まれることは一生の財産だが、一人の悪友も持たなかった少年の将来は、必ずしも幸運とは限らない。人生は計り難《がた》し。

不潔にすることをすすめるわけではないが、最近の世相が過度の清潔を求める方向へ突き進んでいることは、ある不安をおぼえる時もある。世界は雑然と共存することによって平和が保たれるという面もあるのではないか。非自己を拒絶しない「寛容」も、免疫の大事な働きであるという。あらためて免疫の意味を噛《か》みしめる。

お世辞を言うのに
金はかからない

トーマス・フラー『グノモロジア』

ほめられて嬉しくない人はいない

ほめ言葉に金はかからない。たしかにそうだ。そして巧みなほめ言葉ほど、人を喜ばせるものはない。

ジェイムズ・ジョイスは「ほめ言葉は人にふり注ぐ暖かい陽光のようなもの」と言っている。「それなしに、人は花咲くことも成長することもできない」と。

なるほど、「お世辞を言うのに金はかからない」のはたしかだが、そのフレーズの後にこんな辛辣《しんらつ》な言葉が続く。

「しかし、大多数の者は、お世辞に対して大金を払っている」

言うほうはタダでも、それを受けるほうはそれなりの代償を払っている。富や権力の一部、または大半をそのために差し出しているのだ。巧言令色には、心がこもっていないと一般には見られている。だが、口先だけのお世辞と分かっていても、それでも嬉しいのが人間の心理だろう。

古今東西の歴史上の英雄は、必ず身近にお囃衆《はやししゅう》をはべらせていた。殿の一言一句にやんやの喝采を送り、ことあるごとに大笑いして座を盛りたてる。佞臣《ねいしん》という言葉があるが、人の上に立つ者は、どういうわけか十人が十人、そのような人物をそばに置いた。金を払ってお世辞を買ったのだ。

どうすれば真実を伝えて、かつ相手の心を明るくすることができるのか。

ほめて育てる、叱って育てる、ともに至難のわざだと溜《た》め息をつかざるをえない。

夕方こそ一日でいちばんいい時間だ

カズオ・イシグロ『日の名残り』より

二十一世紀への予言

カズオ・イシグロのノーベル文学賞受賞のニュースは、日本列島にも大きな反響を巻きおこした。最初は一種の驚きをもって受けとめた人びとも、やがてなるほどと深く納得するところがあったようだ。古くからのイシグロの読者にしてみれば、当然の受賞という印象だろうが、あらためてその作品を新鮮な感動をもって読んだ人びとも多いことだろう。

カズオ・イシグロは長崎で生まれ、五歳のときに英国に渡り、やがて英国籍を取得したという。いわば英国にとっては異邦人の文学者である。かつて映画『地獄の黙示録』を作ったコッポラ監督と対談をしたときに、原作者のコンラッドがポーランド生まれの異邦人で、英語を学んで英国の作家として大きな足跡を残した人であることに触れていたことを思い出す。

アメリカでは英語の教科書にコンラッドの文章がのっているそうだ。ロシアの国民作家とされるプーシキンが、アフリカの血を引く人であったことなども興味深い。

英国は七つの海に君臨《くんりん》した時代、「日の沈むところなし」と言われた。その当時にくらべれば、英国はいま「日の名残り」を感じさせる成熟国家である。世界の先進国がこぞって高齢社会を迎える二十一世紀は、たそがれの世界の美しさに思いをいたす時代に入ったのかもしれない。

成長から成熟へ、というのは経済の論理だけではなく、いまのカルチュア全体の主題ではないだろうか。

第二章　すべては一瞬だと思いたい

志の至らざることは無常を思わざるに依る

『正法眼蔵随聞記』

一瞬の命を自覚する

〈いつまでもあると思うな親と金〉

すべては一瞬である。自分の体も、命も、世の中も、無常の風の吹きぬれば、あとはただ砂埃《すなぼこり》の舞うだけ。

生きている実感を確かめようと思うなら、この一瞬の時間を心に刻むしかない。

この世のことは、すべて行雲流水のごとし。流れ流れてとどまることはない。

かつては「人生五十年」といった。いまは「百年」なのである。

しかし長く生きることが必ずしも人生の目的ではないだろう。この一瞬に永遠を感じるような時間こそ本当の生きる意味ではあるまいか。

無常を思うとは、虚無的になることではない。永遠は一瞬のなかにある。

日々の暮らしのなかで、私たちは流れゆく時間を意識することなく生きている。一寸先は闇だ、と言いきかせながら、実際はこの世界がこのままずっと続くと感じている。

平和も無常である。コロナの流行も無常である。無常を知った、と思うこと自体が無常である。

現実社会で成功するためには、と兼好法師《けんこうほうし》は言った。

〈このまま、この世界がずっと続くと思え〉

と。

しかし、この世の成功もまた無常であると覚悟するなら、明日はない、と信じることもまたパワーになるのではあるまいか。無常よりも養生、という発想も悪くないと思う。

故人老いず
生者老いゆく恨みかな

菊池 寛

老いに恨みはないけれど

これは『大往生《だいおうじょう》』（岩波新書）の中で、故・永六輔《えいろくすけ》さんが紹介している菊池寛《きくちかん》の句である。たしかに故人は老いることがない。坂本九《さかもときゅう》といえば、あの無邪気な笑顔の少年っぽい顔が目に浮かぶ。永さんも、野坂昭如《のさかあきゆき》も、大橋巨泉《おおはしきょせん》も、記憶に残っているのは、往年の元気な顔ばかりだ。

故人老いず。残された者は、日一日と老いていく。高齢に達して世を去った人びとは、その歳の表情で故人となる。

樋口一葉《ひぐちいちよう》のイメージは、いまも二十代の才女のままだ。老女となった『たけくらべ』の作者の姿を想像することは難しい。私の母は四十代で、父は五十代で死んだ。だから私の記憶の中の両親は、いつまでも老いることがない。剣道の武具をつけ、竹刀をふるっていた父親の姿、オルガンを弾きながら北原白秋の歌を口ずさんでいた母親の姿がいつも頭に浮かんでくる。

「人生百年時代」という。九十年以上生きることが普通になれば、残された者の記憶は老いた人びとの姿ばかりとなるのだろうか。

ジェームズ・ディーンがポルシェをぶつけて世を去ったとき、私たちが感じたのは彼を惜しむ気持ちだけではなかったような気がする。永遠の青年として記憶に残ることは、必ずしも悲劇とは言えないのかもしれない。

生者《しょうじゃ》は必ず老いていく。世を去る適齢期というものも、またあるのではないだろうか。それははたして何歳ぐらいなのだろう。

過伸展《かしんてん》しない膝は屈辱的だ

ある有名ダンサーの言葉

オーバーワークが創りだす美の世界

山寺の階段を駆けあがるのが自慢だった私だが、数年前から左脚の不具合に悩まされてきた。

戦後七十余年、歯科以外には病院のお世話にならず、健康診断さえ一度も受けなかった身には、屈辱《くつじょく》的な故障である。泣いて軍門に降る気持ちで病院を訪れたら、「変形性股関節症ではないか」と診断された。

その後、例によって痛みの歴史と実例について万巻（というのは嘘だが）の書を読みあさったが、結局、結論は「加齢による自然現象」ということに落ち着いた。

ところで、先日、目を通した一冊の中に『舞台医学入門』（武藤芳照・監修／新興医学出版社）という美しい本があった。多くの学者・研究者が参加した、ステージで活躍する人びとの症例報告である。

一見、豪華なアート関係の本のような瀟洒《しょうしゃ》なデザインに、つい惹《ひ》かれて読みふけってしまった。「舞台医学」という言葉も新鮮だ。その中に引用されていたのが、世界的なトップ・バレリーナの右の言葉である。

引退した英国バレエダンサー四十六名、平均年齢五十歳の調査では、腰痛症が七十一%、股関節と膝《ひざ》関節に痛みの症状がそれぞれ五十三%、そして八十%が変形性関節症だったという。

華麗な演技は、過度の身体酷使をともなう。夢のようなジャンプには、過伸展が不可欠であるらしい。普通でない身体が創りだす美の世界に私たちは陶酔するのである。

人と一緒にいるときにひとりになる力

デイヴィド・ヴィンセント

マスク社会の孤独とは

これは『孤独の歴史』（デイヴィド・ヴィンセント著／山田文訳／東京堂出版）のなかにでてくる、ごく短いフレーズだ。

このところ孤独の問題は、脱炭素のテーマと同じように世界的な注目を集めつつある。

わが国でも英国にならって、孤独省の創設が話題になったが、その後はどうなったのだろうか。

独《ひと》りでいるのは、必ずしも孤独ではない。それはむしろ孤立というべきだろう。オルテガ・イ・ガセットは、「群衆の中の孤独」について語った。鴨長明《かものちょうめい》は決して孤独ではなかった。当時の隠遁というのは、多くの人々が憧れたエリートのライフスタイルだったのである。

〈人と一緒にいるときにひとりになる力〉こそ、真の孤独であり、私たちにとって孤独が価値あるものとすれば、それは〈群衆の中の孤独〉ではあるまいか。

最近、自殺者の数は減りつつあるが、逆に小中高生など年少の層の自殺が目立ってきた。子供らの自殺というのは、どういうことだろうか。高齢者が孤独を感じるのは、当然のことだ。しかし、年少者の孤独は、まだ私たちの触れていない未知の世界である。

デジタル的なライフスタイルと、孤独とはどう関係するのか。マスクをつけた者同士が距離をへだてて接する生活の中から、どんな形の孤独が深まっていくのか。直面する問題はつきない。

年頽歯軟越梅酸

陳 舜臣

ちょっと酸っぱい話

陳舜臣《ちんしゅんしん》さんは、一九六九年に直木賞を受け、八八年に読売文学賞を受賞した作家である。代表作に長篇『阿片戦争』、『諸葛孔明《しょかつこうめい》』などがある。

すでに故人となられたが、神戸生まれのエトランジェである。親しいという間柄ではなかったが、折にふれていろいろ教えていただく事が多かった。

陳さんは小説家であると同時に、優れた漢詩人でもいらした。この詩句は、『級友』と題された七絶《しちぜつ》の中の一行だが、「年頽《としくず》れ歯やわらかにして越梅《えつばい》酸たり」と読む（加藤徹氏・注）。

私も八十歳を過ぎて、歯列がすこぶる頼りなくなってきた。酸っぱいものや、冷たいものを食べて歯にしみるのは、いやなものである。

しかし加齢とは自然の理である。膝が痛いの、耳が遠くなっただの、愚痴るのは長生きをしたせいだ。酸っぱい梅をかじるだけでも勇気がいる。

陳さんに、日本人の作った漢詩で優れているのはどんな作品でしょうか、とたずねたことがあった。すると、こんな話をされた。

中国のある高名な詩人に、日本人の書いた漢詩を数十篇見せて、「この中で水準に達していると思われるのはどれとどれでしょうか」と、たずねたら、「この二つは良い」と二篇を挙げた。一つは広瀬淡窓《たんそう》、もう一作は乃木希典《まれすけ》の詩だったという。ちょっと酸っぱい話だが、懐かしく思い出す。

悪口というのは、ネットでやると炎上してしまう

山極寿一

視線の森から言葉の海へ

『ゴリラの森、言葉の海』（山極寿一・小川洋子共著／新潮社）という対談集を読んでいたら、眠るのを忘れて睡眠不足になってしまった。それほど刺激的で興味深い本だったのである。

そもそもこのお二人の組み合わせが絶妙だ。人類学者といういかめしい肩書よりも、ゴ

リラの専門家といったほうがイメージぴったりの山極寿一《やまぎわじゅいち》さんと、静かでおそろしい小説を書く小川洋子《おがわようこ》さんの会話は、予想もしない展開の仕方を見せて、呆《あき》れるほど自由奔放に広がっていく。性についての大胆な対話も興味深いが、言葉を巡るお二人の発言がことに新鮮に響くところがあった。

「悪口というのは、人間が肉声で言う分にはぜんぜんかまわないけど、ネットでやると炎上してしまう」のはなぜか。「文字の場合は化石化《かせきか》しているから修正が利かない」からだ、と山極さんは言う。

それに対して小説を書くのが難しい理由は「固定化しようとする文字を使って、いかに自在な世界を構築するか」という本質的な矛盾を抱えているからだろう、と言う小川さんの発言に、ネットと無縁な作家としては複雑な思いがあった。

普段温厚な知人、友人がネット上で激変した発言をしたりする謎が、なんとなくわかったような気がする。酷暑の候にボヤけた頭を引き締めてくれるような新鮮な思考が行間にあふれた一冊だった。

自今以後《いまよりのち》必ず銅銭を用いよ

日本書紀

十円玉が消える日

わが国では、すでに七世紀には銀銭《ぎんせん》、銅銭《どうせん》が使われていたようである。貨幣の歴史は古い。それは人類の歴史そのものであるようにも思われる。

つい最近まで、私たちは貨幣経済の中で暮らしてきた。硬貨と紙幣は、生活の土台であり、人生の目的でもあった。

しかし、最近にわかにカード経済が普及しつつあるようだ。コンビニの店頭で、誰もがピッ、ピッとカードや携帯で素早く支払いを済ませ、颯爽《さっそう》と立ち去っていく。十円玉や一円玉を財布から出して、もたもたと勘定していると、後ろの客の舌打ちが聞こえてきそうだ。

古くは、布や絹や米を交換の具として使っていた。やがて通貨というものが登場してくる。この通貨が世の中を変えた。以後、私たちは硬貨・紙幣とともに暮らしてきたと言っていい。

いま、その時代が終わろうとしている。一枚のプラスチックのカードに、私たちの生活が支えられる時代が来たのだ。目に見えないビッグ・データとやらの世界に、個人の暮らしのディテールが記録されていく。

私が学生だった頃、というのは一九五〇年代だが、十円玉三枚を握りしめてトリスバーに通ったり、古い名画座で戦前の映画を見るために遠くまで歩いたりした。そんな時代の記憶も、いまは忘却の彼方《かなた》に霞《かす》んでいる。

カード時代の到来は、私たちの生き方すら変えようとしているのではあるまいか。

日本人はおカネがあるったって、
今あるだけですよ。
そのうちどうなっちゃうか分かりませんよ

柳家小三治

高座から見た日本経済

これは一九九八年に刊行された講談社文庫『ま・く・ら』(柳家小三治著)の中の一節である。〈だから〉と続く。

〈だから、値打《ねう》ちのあるカネと言われているうちに、ま、せいぜい外国へ行って〉、金を使いまくれ、というわけだ。その後は、こんなふうに言いたい放題。

〈今後、円安になったころには、行こうったって行かれやしないんですから。いつまでも円高が続くと思ってる人もいないでしょうけれどね。生涯続くと思ったら、とんでもないことになりますよ〉

最近の外国人客の増加は、ただごとではない。インバウンド激増とかいって大喜びしている向きもあるらしいが、とんでもない。

通貨の値打ちは国の値打ちである。日本円が安くなったということは、日本が安くなったということだ。

かつてアジア諸国へ行楽旅行が流行したことがあった。

「むこうへ行けば、なんたって安く遊べるからね」

と、わが同胞《どうほう》が大挙して各地へ押しかけたのだ。

それが今は逆になっている。ニッポン、ヤスーイ！　の声が国際的に広がっているのである。

所得だって世界の水準に達していないのに、外国人がたくさんくるのは、この国がすごく良い国だからだろうと皆ニコニコしている。嗚呼《ああ》。

うちが優勝することで、高校野球の新たな可能性とか多様性とかそういったものを何か示せれば

慶應義塾高校
森林《もりばやし》貴彦《たかひこ》監督

変わるものと変わらぬもの

夏の甲子園大会で慶應義塾高校が優勝したのは、ビッグニュースだった。なにしろ百七年ぶりの優勝だそうである。だれもが丸刈りの朴訥《ぼくとつ》な選手を擁する地方の高校チームが優勝するだろうと、内心、そう思っていたにちがいない。

実は私は仙台育英のチームを応援していたのだ。理由は簡単。その前月、私も髪をバ

ッサリ切って、丸坊主にしたばかりだったからである。

おかげで今年（二〇二三年）の猛暑も、なんとなくしのぎやすかった。残暑のあいだはいいが、冬になるとどうなるかが気にはなるところだが。

新聞記事によれば、慶應は髪形だけでなく、練習や勉強のスタイルもすこぶる近代的であるらしい。

現代的といわずに近代的と書いたのは、いまではごく当たり前のことだからである。

高校野球の魅力は、ある意味で、現代ばなれしている世界の魅力、といってもいいだろう。

入場行進ひとつをとってみても、それはあきらかだ。手を高く振り、膝を上にあげて歩くあの行進は、私たちの世代には忘れがたいノスタルジーをおぼえさせずにはいられない。そこには騎馬《きば》民族でなく、農耕民族として、この列島に生きた日本人の姿が反映しているからだ。

時代は変わる。甲子園も変わる。応援のスタイルも変わる。変わらぬものは、白球に懸ける情熱だけだ。

あなたは、つねに仮面をかぶる

花田清輝

新しい仮面の用意は？

「仮面の表情」というエッセイのなかで、花田清輝《はなだきよてる》はニーチェを引き合いに出しながら、仮面は単なる仮装ではないと言う。人間の本当の顔をとらえようとするならば、その仮面を手がかりにするしかない、と。

私たちはいま、国民的なマスク使用の枠《わく》を外されて、マスクをつけるべきか、つけないことにするかの決断を迫られている。

ことはコロナの伝染を防ぐというより、個人のアイデンティティーに関する行為となった。

数年にわたるマスク使用の生活のなかで、私たちは仮面をつけることを日常として生きてきた。

いま、マスクを外して他者と対面することには、勇気がいるのではあるまいか。

それはマスクという仮面によって一般的な市民でありえたことの証明をとり外すことになるからだ。

目は口ほどにものを言う、というが、そうではない。ものを言うのは、あくまで口舌の仕事だ。顔の上半分だけをさらして生きてきた私たちが、いま迫られているのは単なる予防上の問題ではない。

これからは素顔という仮面をかぶって生きなければならないのだ。マスクという仮面に守られてきたおのれの姿を、正面からさらすことに不安を抱く人々は少なくないだろう。

マスクという仮面を外し、新たな仮面を用意しなければならない。厄介なことだ。

最大の健康法は友人との雑談である

徳川夢声

会食しなくても会話はできる

小学生のころ、ラジオで徳川夢声《むせい》の朗読『宮本武蔵』をよく聴いたものである。

「そのとき武蔵は――」

などと学校で夢声の口真似などをして仲間を面白がらせたものだった。

その夢声が「一番楽しいこと」に、親友同士の雑談をあげている（『話術』新潮文庫）。そのなかで「座談十五戒」として、さまざまなルールをあげていて、なるほどとうなずくところが多い。

まず第一戒が「一人で喋《しゃべ》るなかれ」。

私は根がお喋り好きの口先人間であるから首をすくめる感じがあった。しかし、それには私なりの理由がないでもない。夢声師が第二戒としていましめていることは、「黙り石となるなかれ」。

「徹頭徹尾《てっとうてつび》、黙りこんでいる人がある。（中略）何か心配ごとがあるかと思って、たずねてみると、イヤ何ンニモアリマセンと言う」

こういう人というのは、意外に多いものだ。こちらが年上なので遠慮しているのかと思えば、そうでもないらしい。ただ黙っているだけだ。なにか「沈黙は金」という格言を間違って信じているとしか思えない人がいる。

最近、意外に若い世代にそういう人が多い。西郷隆盛にでもなったつもりだろうか。マスクをかけたまま会食は無理だが、会話はできる。コロナに負けずに、会話すべし。

ソクラテスのアクメーは晩年にある

増谷文雄

アクメーがあなたを待っている

アクメーという言葉を目にすると、つい性的なイメージを思い浮かべるが、本来はそうではないらしい。

ギリシャ語でアクメー（akme）といえば、「花のさかり」を意味するという。そこから人生の最も充実した時期を「彼のアクメーは五十代から六十代にかけてであった」などと述べたりするわけだ。仏教学者である増谷文雄《ますたにふみお》は、遠藤周作との対話のなかで、「親鸞《しんらん》のアクメーも晩年にある」と語っている。

「親鸞のアクメー」などという言葉をきいてギョッとするのは、邪《よこしま》な心の持ち主だと叱られそうだ。「花のさかり」、すなわち全開の状態をさすと考えれば、性のクライマックスをアクメーと呼ぶのも、あながち間違いではあるまい。

アクメーの時期は、人によってさまざまである。二十四歳で世を去った樋口一葉などは、はたしてアクメーを体験したのだろうか。

「花のいのちは短くて　苦しきことのみ多かりき」を、「アクメーは短く、苦しみは長い」と訳したら、間違いではないがニュアンスがちがってくる。

概《がい》して詩人のアクメーは早く、小説家のアクメーはおそい。思想家、哲学者は、さらにおくれて開花し、宗教家はもっとも晩年にアクメーをむかえるようだ。

人生の後半にアクメーを体験できた人は幸せである。今からでもおそくない。あなたの前途には目くるめくアクメーが待っている。

紫式部は一千年前のフェミニストであった

駒尺喜美

深海からのメッセージ

瀬戸内寂聴《せとうちじやくちょう》は丸谷才一《まるやさいいち》との対談で、『源氏物語』の中でいちばん不幸な女は紫の上だと思うといっているが、全く同感である、と駒尺喜美《こましやくきみ》は書いている。

「紫の上は、男がいだく女の理想型に合わせて自分の自我を押し殺し、〈女〉を演じ続けてきたが、その内面では決して自我を殺し切ってはいなかった。それが人の事件にことよせて噴出したのである。彼女は、女というものの不自由さ、自分のいいたいこともいえない抑圧された存在であることを、しっかり握りしめていたのである。（後略）」

そして、こうも書く。

「（前略）男女は始めから、その関係が決定されている。いわば女は男に組み敷かれる位置に据《す》えられているのだ。紫式部は、その理不盡《りふじん》さに気づき、苦しみ、格闘したといえる。筆一本でそのような構造を描き切った、その軌跡が『源氏物語』だともいえる。いま幸いにも、地球上では女たちによる女たちの復権が始まっている」

こう書くと、いかにも型通りのフェミニズムの視点から古典を分析しているかのように思われかねない。

しかし、駒尺喜美は『源氏物語』の世界を、違った視点から評価しているのだ。

いまから三十年前に出版された『紫式部のメッセージ』は、私たちに深海からゆっくりと浮上してくる、黒い尾びれのように浮上してくる何かを感じさせずにはおかない。

短調《マイナー》の歌はもの悲しげで、長調《メジャー》の曲は健康的というのは迷信です

米山正夫

常識の壁をこえて

米山正夫《よねやままさお》さんは、私の尊敬する大作曲家のお一人だった。

『山小舎《やまごや》の灯《ともしび》』みたいな明るい曲を書く一方で、『関東春雨傘《かんとうはるさめがさ》』みたいな小粋な歌もつくる。『津軽のふるさと』は、私の選ぶ昭和歌謡ベストテンの一つである。

そんな大作曲家に、私はこれまで二曲、自分の詞に曲をつけて頂いたことがあった。

残念ながら二曲ともヒットはしなかったが、私の大事な宝物のように記憶に残っている。

米山さんとは、仕事を通じて何度かお会いする機会があった。

いちどスタジオでの雑談で、米山さんがこんなことを言われたことがある。

「この国ではね、短調の曲の歌はもの悲しげで、センチメンタルだというけど、ぼくはそうは思わない。長調の歌でも、うたい方では淋しくもなり、感傷的にもなるでしょう。ぼくは短調の曲で明るい歌を書いてみたいと思ってるんです」

都はるみがマイナーな歌をうたっても、ぜんぜんもの悲しげにきこえなかったのは、そんな先入観から自由だったからだろう。

明治以来、長調は健康的、短調は感傷的、ときめつけてきた常識から、そろそろ解放されたほうがいいのではあるまいか。

私たちはあたえられた先入観にとらわれて生きているのではないか、とふと思うことがある。

この地方の人々はアクセントよりも
この「うねり」のほうに
重要な意味を感じている

『八女の方言』

「うねり」を持った言葉の魅力

私の両親は福岡県の旧八女《やめ》郡の出身である。私も八女地方の一角で生まれた。今の八女市である。

戦後、外地から引き揚げてきて、地元の方言になじむためには、相当の努力を要した。しかし、いまもなお八女地方の言葉の気配は私の中に色濃く残っている。いや、残っているどころか、年ごとに昔の八女地方の発音やイントネーションに、つよい愛着をおぼえるようになった。

この地方では、あまりアクセントを強調しない。「橋」と「箸」も同じ調子である。しかし、そのために混乱することがないのは、「橋」は「ハシ」、「箸」は「オハシ」とちゃんと区別して表現するからだろう。

『八女の方言』という立派な本が出ていて、その辺の事情を丹念に解説してあるのを読むと、なるほどなあ、と膝を叩いて納得するところがある。

つまり、音便変化、音の長短、接頭語や接尾語、また助動詞、助詞の用い方などが、感情やその場の雰囲気と一体になって、発音の高さ、強さ、音色などを決め、全体の「うねり」を描くのだ。この地方ではそれぞれの単語のアクセントよりも、この「うねり」のほうに重要な意味をこめて語るのである。

言葉をバラバラの単語の羅列としてでなく、「うねり」を持ったフレーズとして発言しているのだ。

その方言も次第に、というより急速に失われていくらしい。共通語にない音楽的なおしゃべりも、やがては消えていくのだろうか。

偉大な古作品は一つとして鑑賞品ではなく、実用品であった

柳　宗悦

美は偏りの中にある

「見て知りそ　知りてな見そ」というのは、私の座右の銘の一つである。『心偈《こころうた》』のなかでそう語った柳宗悦《やなぎむねよし》は、民芸の美の発見者というより宗教家の面影がある。

世の中には知識派と経験派の二つがあり、それぞれがお互いに主張しあってゆずらない。

もちろん両者を兼ねそなえるのが理想であるが、世の中はそううまくはいかないもの

なのだ。

美か、実用か、という対立を止揚するには、ある程度の偏《かたよ》りが必要である。私たちが感銘を受けるのは、その偏り方のありようなのではあるまいか。

事実は偏在する。公正中立、不偏不党の美などというものはない。その偏り方の独自性が問題なのだ。

私たちは日常生活の中で、右か、左か、真か、美か、正義か感情か、などの決断をせまられて立ち往生することがしばしばだ。

生きることは偏ることである。その偏り方に人生の機微がある。とほうもなく激しく傾いた存在を天才という。天才のゆえんは、断定が信念にもとづいていることにある。バランスのとれた思想に人は惹かれるのではない。極端な断定の気迫に納得させられるのだ。

柳宗悦はその断定の見事さによって多くの人の心を打った。

実用と美、ではなく、実用の美、と言いきったところに彼の魅力があるのかもしれない。

猥鄙《わいひ》のことを全く除外しては
その論少しも
奥所を究め得ぬなり

南方熊楠

民俗学に架ける橋

柳田國男《やなぎたくにお》と南方熊楠《みなかたくまぐす》の二人は、それぞれ日本民俗学の父と、母とに擬せられる存在だった。

両者の出会いと別れは、さまざまな形で語られている。しかし、性に関する姿勢からは、ともに相容《あいい》れない一線があった。『遠野物語』には、民衆の猥雑《わいざつ》さを意識的に敬遠した気配があり、たぶん南方に対しては本能的に異質のものを感じとっていたことだろう。柳田は南方を「日本人の可能性の極限」といった言葉で讃賞しつつも、社会良俗の限界を超える大胆さにはついていけないと感じたにちがいない。高級官僚であり、学者であった柳田は、南方が送ってくる原稿を、自分の主宰する『郷土研究』に載せることに反対した。

南方が柳田宛てに送った書簡のなかに、右の一節が見られる。性に関する主題をタブーとするなどということは、南方にとっては想像もできないことだったのだろう。

実際に南方は一九一三年に「風俗壊乱罪《ふうぞくかいらん》」で告訴されている。彼の世界は柳田にはとうてい越えることのできない一線だったにちがいない。

最初は柳田のほうからわざわざ南方を訪ねてはじまった両者の交流も、やがて決裂することになる。

卑俗にこだわった南方は、また全国各地の鎮守、神社の統廃合に体を張って対抗した人物だった。神と人との接点に性の存在を見る南方と柳田の溝は深く暗い。この国の民俗学は、そこにどのような橋を架けるのだろうか。

詩は響かせることが大事

鎌田東二

神話とケアの狭間《はざま》を往く

鎌田東二《かまたとうじ》さんは、歌う学者である。

シンガーソングライターならぬ〈神道《しんとう》ソングライター〉を自称して、演奏活動を実践している異色の存在だ。

かつて上智大学で、鎌田さんと一緒にシンポジウムみたいな催しをやったことがあった。

私は私なりに、あれこれ猿智恵《さるぢえ》を披露したのだが、最後に登場した鎌田さんの法螺《ほら》の演奏に一蹴《いっしゅう》されて、首をすくめた記憶がある。

それほど威力のある音色だったのだ。日蓮上人は「大法螺を吹く」とおっしゃったが、古来、「法螺を吹く」というのは街頭で宗教的パフォーマンスを行うこと、音で語ることだったのだ。

鎌田さんは二〇二三年、ガンの手術を受けられたそうだが、歌う宗教学者として全国各地を放浪する志《こころざし》は、まったくおとろえてはいないようだ。

近著、『悲嘆とケアの神話論』(春秋社)は、全ページに歌声が響く文章によるライブの試みだ。かつてウクライナの吟遊《ぎんゆう》詩人たちはバンドゥーラを抱えて、神話と人間の物語を歌い歩いた。そしてヒトラーとスターリンの手によって計画的に抹殺《まっさつ》された。

彼らが語る古代の物語と神話が、邪魔だったからである。

神話とケアという大きなテーマを内に秘めて、神道ソングライター鎌田東二は歩み続ける。そのうしろ姿にエールを送りたい。

〈歌いながら夜を往《ゆ》け〉と。

革命は短調で訪れる

五十嵐 一

明治維新の背後に流れる歌声

音楽の世界には、短調はもの哀しく長調は明るく健康である、という迷信がある。この国の流行歌、歌謡曲には、なるほど短調のメロディーが多い。そして、別れ、悲しみ、思い出、淋しさ、などの歌詞が短調の曲で奏でられるのがふつうである。

ある高名な音楽家は、「日本人が短調のメロディーを捨て去らない限り、この国の近代化はありえないだろう」と言った。

しかし、はたしてそうだろうか。短調の音楽は、弱々しく、退廃的な心情のシンボルなのだろうか。

五十嵐一《ひとし》は、短調のメロディーの中に、新しい世界への人びとの決意と覚悟を見いだした。「明治維新は短調のメロディーとともにやってきた」と、彼は言う。パーレヴィー皇帝を追放したあと、ホメイニ師を迎える「ようこそホメイニ師」の歌声は、短調の歌だった。

革命歌、軍歌にも、短調のメロディーは多い。またベートーヴェンの第九交響曲のなかに、トルコ行進曲の背後に、カザルスの演奏する「鳥の歌」のメロディーに、五十嵐一は短調の響きを聴く。

音楽における長調の強調は、ヨーロッパのアイデンティティーを希求するものだったとも言えるかもしれない。

長調は明るく、短調は暗い、という迷信は、音楽以外の世界にも広くゆき渡っているようだ。一見、奇矯《ききょう》にも思える五十嵐一の言葉を、あらためてふり返ってみたいと思う。

日本の中に世界がある

加藤唐九郎

変化と進化の狭間で

加藤唐九郎《とうくろう》さんは、いっぷう変わった芸術家だった。その工房を訪れて対談をしたとき、加藤さんが最後に呟《つぶや》いたのがこの言葉である。

加藤さんの友人に『外来語辞典』を作った荒川惣兵衛《そうべえ》という人がいて、こんなことを加藤さんに述懐したという。

「いま使っている日本語は漢字を主体として、漢語が五割を占めておる。そして外来語として、新しくカタカナで表す言葉が一割ある。あとの四割が日本のものであろうと調べていくと、その中の三割ぐらいが漢字の渡来以前に渡ってきた中国の方言で、われわれが大和言葉だと思っておったのが、実際には中国の方言だった。だから最後に残った一割が純粋な日本語だろう」

荒川さんは篤実《とくじつ》な学者なので、なるほどと納得せざるをえなかった、と加藤さんは言った。そして、「だから日本人はもっと方言を大事にしなきゃいかんのです」と呟いた。

近代中国も日本語の思想用語をたくさん使っているらしい。とかく外国からの伝来品というと、感情的に反発する人も少なくないが、アジアを一つの文化圏と考えてみれば肩が凝《こ》ることもないだろう。

最近は漢語はむしろカタカナ文字に押され気味のように見うけられる。デジタルトランスフォーメーションとか、アンコンシャスバイアスとかは、すでに日常語のように多用されている。そのうち私の文章も、九割がカタカナになる日がこないとも限らないのだ。

第三章　忘れがたい人びと

古傷って痛むものですか？

嵯峨美智子

触れたときから何かが始まる

〈素晴らしき不健康ライフ〉というオビのついた反時代的な本が出た。『タバコ天国』（矢崎泰久著／径《こみち》書房）である。

往時、『話の特集』という雑誌で一世を風靡した著者の、煙草を通じての交遊録であるから面白くない訳がない。登場するのは、ほぼ昭和という時代を背負った群像である。

登場してくる群像の八割ぐらいは私も面識があるが、はじめて知る話が少なくなかった。

怪女優（失礼）嵯峨美智子《さがみちこ》と安藤昇《あんどうのぼる》との対談をセットしたときの思い出が出てくる。

私は両者とも熱烈なファンだったので、ことに興味ぶかく読んだのだ。念のために説明しておくと、嵯峨美智子（のちに瑳峨三智子と改名）は、山田五十鈴《やまだいすず》さんの娘で、『こつまなんきん』という映画に主演して、消えない印象を残した。一方、安藤昇は元安藤組組長で、映画界に転身して忘れられない作品に出演している。

この異色の対談は、最初のうちはなかなか話が嚙み合わなかったらしい。調子が出てきたのは彼女が安藤昇に、

「古傷って痛むものですか？」

とたずねた時点からである。安藤は傷跡のある顔を突き出して、

「よろしかったら触ってもいいですよ」

と応じた。対談の後、二人は行方不明になる。昔はそんなアブない企画があったから雑誌が面白かったのだ。

店というのは、閉店しちゃうのが楽しみなんです。

村上春樹

閉店をめざして開店する

これは一九八三年に小説雑誌で対談をしたときの村上さんの発言である。

話題が昔のジャズ喫茶の話になったとき、店を経営していた経験のある村上さんが、いたずらっ児《こ》のような表情でもらしたのが、この言葉だった。

「はじめから、もう何年かたったらやめちゃおうと思っているわけです。ふた月ぐらい前に、二カ月後にやめますって言うわけですよね。それがわりと楽しみなんです」

村上さんに言わせると、お客のほうもそれを望んでいるんじゃないかという気がする、というのである。

音楽にしても、その周辺のものにしても、どんどん変わっていく。変わるのが本当だし、変わったものを見せられるよりは、なくしちゃったほうが本当の親切というものではないのか、というわけだ。

その話をききながら、成熟と喪失ということについて、ふと考えた。

成熟とは、ある意味で変質である。表現者もそうだ。時間とともに失われていくものがあって、それは取り返すことはできない。ならば永遠の未成熟をめざすべきだろうか。

たしかにその道を選んだ作家たちもいた。

しかし、万物は変化する。時間を止めることはできない。

「夭折《ようせつ》」という道もあるじゃないか、と言った人がいたが、それも選んですることではない。閉店を楽しむ気持ちには共感できるものがあり、思わずうなずいてしまった。

鴨長明はハイカラな男だった

稲垣足穂

タルホ・イナガキとの一夜

稲垣足穂《いながきたるほ》さんとは京都でお会いした。雑誌の対談の仕事だった。

「こんど稲垣さんと対談をするんだよ」と野坂昭如に言ったら、「あれは厄介な人だぞ。オレは危うくキスされそうになった」と忠告してくれた。

実際にお会いしてみると、稲垣さんは実に闊達《かったつ》な人物で、ドイツのエンジンの話などになると体を乗りだして熱弁を振るう。野坂氏が心配していたようなことは全然なくて、後日、飛行船の絵を描いた葉書をくださった。

京都の歴史について話をされたときに、音楽の話になり、鴨長明が琵琶の奏者だったことに関して稲垣さんが言われたのが、右に掲げた言葉である。

当時の琵琶は、戦後のエレキギターみたいな目新しい楽器だった。シルクロード、中国、九州を経て、京都へ伝来した新楽器である。青年鴨長明は、その楽器を抱えて、当時のライブハウスへ出入りしていたらしい。おそらく当時のヒッピーのような若者だったにちがいない。

話が男色《だんしょく》のことになって、稲垣さんはすこぶる雄弁に語り続けた。ルー・アンドレアス・ザロメの「膣《ちつ》というものは肛門の間借人《まがりにん》である」という言葉を引いて、男と女の区別はない、むしろ男を必要としなくならなければウソだと熱っぽく力説した。

私の鴨長明に対するイメージが一変したのは、あのときからだったと思う。

ぼくは敬意を払われて当然の男だ

サミー・デイビス・ジュニア

本音がむきだしになってきた

サミー・デイビス・ジュニアの奥さんは白人である。彼がその夫人と一緒に街を歩くとき、そこに微妙な視線が注がれる。ヨーロッパの街でも同じことだ、と彼は言う。しかし人びとは彼に敬意をもって接してくれる。それは彼が成功者だからだ。

「ぼくは敬意を払われて当然なんだ」と彼は堂々と主張する。

「ぼくの成功は偶然じゃない。ぼくは三十五年間、懸命《けんめい》に働いて、成功をものにしたんだ。ぼくは調理場の皿洗いもやったし、トイレの掃除もしたし、ゴミ箱の中身をあけるような仕事もした。ショー・ビジネスの世界では四歳のときから働いてきた。学校にいけなかったから通信教育を受けたり、自分なりに本を読んだりして勉強したんだ。成功者は敬意を払われて当然なんだよ」

それでもなお、黒人が白人の妻と一緒に歩いているのを見る人びとの視線には、或る屈折があるのを感じないわけにはいかない。

今では黒人がトップの地位にのぼりつめても、誰も不思議に思わない。しかし、潔白とか腹黒とか、黒白をつけるとか、そういう言葉を使っている限り差別はなくならないだろう、と言うモハメッド・アリの主張には逆らいがたい真実味がある。

人間とはじつに厄介な存在である。頭で理解していても、感覚がシンクロしない。トランプの登場は、そのことを反映しているのではあるまいか。

私はすべてに成功したが、人生に失敗した

ゲンズブール

時代は回転木馬

ゲンズブールは、戦後フランスのヒーローだった。イブ・モンタンを善玉のヒーローとすれば、ゲンズブールは悪玉のヒーローである。

セルジュ・ゲンズブール。

歌手であり、音楽家であり、俳優、映画監督、そして小説家でもあった。特別なアー

チストとして知識人階級に敬意を抱かせながら、超有名人としてスキャンダルに包まれた存在だった。

彼はフランス人に愛され、また憎まれてもいた。彼を許さなかったのは、ブルジョア階級と世の良識派だった。〈酒と、煙草と、セックス〉を讃美するゲンズブールは、〈パブリック・エネミー〉視された（永瀧《ながたき》達治《たつじ》著『ゲンズブール、かく語りき』愛育社）。

彼は一九七九年、フランス国歌「ラ・マルセイエーズ」をレゲエにしたことで極右の怒りを買う。

しかし、彼は政治的な左翼ではない。ロシアとユダヤとフランスの三つの文化の交差点に生きた男である。亡命者、難民の息子であり、デラシネの民だった。挑発者としての彼の人生は、「すべてに成功したが、人生に失敗した」のである。

彼が死んだとき、大統領から文化大臣までが追悼メッセージを送り、新聞の第一面のニュースとなった（同）。

今のフランスに彼が生きていたら、はたしてどんな歌をうたっただろうか。

チェの死によって偉大な知性が失われてしまった

フィデル・カストロ

世紀を超えたヒーロー

前世紀のヒーローは、必ずしも二十一世紀のヒーローではない。時間は残酷なものだ。あれほど輝いていた人物が、世紀をへだててみると、どことなく色褪《あ》せて感じられたりするものである。

しかし、時空を超えて存在するヒーローというものもいる。チェ・ゲバラは、まちがいなくその一人だろう。彼の肖像をプリントしたTシャツを着た若者たちを、私は世界の各地で見た。

革命家がヒーローであった時代は過ぎた。レーニンもカストロも、どことなく歴史の遠景《えんけい》に銅像のように立っている。しかし、チェ・ゲバラは世紀を超えて、いまも生きたヒーローだ。

チェは革命の勇士である前に、たぐいまれな知性の人だった。いつでも最前線に立つ勇気と同時に、チェは一人の科学者、医師であった。彼は常に理論的であろうとし、知を軽蔑しない一人のインテリだった。インテリゲンツィアの語は、ロシア語である。革命と論理が同じ地平にあることを彼は信じていた。

生産性向上のために、彼は民衆を叱咤《しった》激励しなかった。かわりに数学の勉強をした。社会主義的生産方式は、数式の適用なしに成りたたないと考えたからである。

喘息《ぜんそく》持ちでいながら、スポーツを愛した。社会主義社会にも銀行と金融が必要であることを理解していた。

彼は知の革命家でもあったのだ。

あんたの麻雀を見てると頭が混乱してくる

三好 徹

一徹な直言を聞きたい

三好徹《みよしとおる》が亡くなった。

私より少し年長なので、三好さん、と呼ぶべきかもしれない。

しかし、ほとんど同じ時期に作家として働いた仲間なので、あえて三好徹と呼ばせてもらうことにする。彼は「聖少女」という作品で直木賞をとり、数多くの作品を書いた。

社会派推理作家、というのが世間のイメージだったが、結城昌治《ゆうきしょうじ》らとともに、人間の心理をきちんと追求する硬派の小説家だったと思う。『文學界』新人賞の次席となった『遠い声』などには、彼の本来の資質がよくあらわれているようだ。

彼は勝負事に強かった。新聞記者をやっていた時期があるので、その時に身につけたものだろう。ただ、とことん理づめで、納得がいかないところがあると、「ちょっと待ってくれ」と、勝負を中断して議論をはじめる。

理屈に合わない事は許せない、という性格だった。何事につけチャランポランな性格の私とは、しばしば喧嘩《けんか》になりそうになったものである。

「五木の麻雀《マージャン》を見ていると、頭がこんがらがってくる。どうしてそういう手になるんだ」と、よく言っていた。よほど納得がいかないとみえて、終わったあともあれこれ質問ぜめにする。「まちがったことは、まちがいだ」という一徹《いってつ》なところが際立つ作家だった。

いまの時代に彼の直言が聞けないことが淋《さび》しい。

死んだっていうからおかしいんだよ
先に行っただけでしょ

永 六輔

語りと歌は仏教の大道である

永六輔は寺の子だった。浅草の最尊寺《さいそんじ》という浄土真宗の寺に生まれている。このことは、永六輔の仕事を展望する上で、忘れることのできない重要なポイントである。

永さんは本名、永孝雄《たかお》。最初、六輔という芸名がいま一つ気に入らなかったらしい。なんとなく軽く感じられたのだ。ところが父親で最尊寺の住職であった永忠順さんから、こんなアドバイスがあったという。

「六輔、結構じゃないか。真宗では南無阿弥陀仏の念仏を、六字の名号といっていちばん大事にする。輔はそれを助けるという意味だ。信心を助ける。有り難い名前じゃないか」

永さんは自分でも「旅の坊主」と名乗っていた。そしてラジオからテレビ、ステージにいたるまで語り続けた一生だった。

仏教の基本は、語りと歌である。説法によって生きる智恵を伝え、歌によって人生の苦を和らげる。日本の芸能の原点は、寺の説教にはじまる。笑わせ、泣かせ、感動させる語りの中から大衆芸能は生まれた。音楽は声明《しょうみょう》に、そして歌は和讃《わさん》となってこの国の歌謡をかたちづくる。「正信偈《しょうしんげ》」の「偈」とは、歌のことだ。「見上げてごらん夜の星を」「上を向いて歩こう」と、永さんは呼びかける。ご本人が意識していたかいないかはさだかでないが、『大往生』も永さんの残した経典の一つだろう。六・八コンビが共に大陸と縁があったことも印象的だ。昔ならさしずめ永上人《えいしょうにん》と呼ばれたにちがいない。

黒澤明は天才的だった、現在完了で

東　陽一

表現者の心意気とは

東陽一《ひがしよういち》さんと対話をしたのは、一九七九年のことである。場所は渋谷の「ジァン・ジァン」のステージだった。東陽一さんは当時、時代を疾走している感のある映画監督だった。『サード』『もう頬づえはつかない』などの作品は今でも忘れることはできない。黒澤明の話になったときに、東さんは言った。

「黒澤明は天才的だっ、た。現在完了で」

その一言に私は、新しい世代が大先輩に送る強い共感と尊敬の念を感じて、体が熱くなったのをおぼえている。『影武者』についての感想をたずねると、

「馬がよかった」

と答えた。

「やっぱり黒澤さんが撮る馬というのは、違うんですよ。あれは大したものですね」

かつてコッポラ監督の大作『地獄の黙示録』を見た某映画監督に感想をたずねたとき、ぽつんと一言、

「虎が出てきて怖かった」

と答えたことを思い出した。

芸術家が先輩に対する姿勢は、心中そういうものだろうと私は思う。敬意と同時に、おれはちがう、必ず乗りこえてやる、という強い意志があってこその表現者だ。

最近、当たりさわりのない発言ばかりが目立つアートの世界に、こんなふうに言い切る発言をひそかに期待しているが、無理だろうか。

「太陽の塔」こそ「反博」なんだよ

岡本太郎

革命家としての岡本太郎

一九七九年四月の午前零時。

東京・渋谷の「ジァン・ジァン」で深夜のパフォーマンスが開かれた。私が勝手に「論《ろん》楽《がく》会」と名づけた音楽と講演、そして対談の催しである。

なぜか当時のほうが、時代がダイナミックで面白かったような気がしてならない。そもそも深夜にそんな催しが行われること自体が、自由な時代だったと思うのだ。

当日、というより当夜、ゲストの一人として参加してもらったのが岡本太郎さんだった。ステージに上がった岡本さんは、最初から戦闘的だった。私の意見にことごとく反対し、持論を展開してやまなかった。

「芸術はきれいであってはいけない。うまくあってはいけない。心地よくあってはいけない」という三原則を主張して、一歩もゆずらなかった。

当時、大阪で開かれた万博に対して、「反博」という運動があり、私がそのことを言ったとたんに、切り返すように岡本さんが発したのが、この言葉である。

「太陽の塔」は、当時、共鳴と批判の嵐の目だったのである。いまは誰もそんなことは考えないだろう。子供も大人も「太陽の塔」に興味こそおぼえ、反感は抱かない。しかし、岡本太郎は、万博に協賛するモニュメントを造ったわけではない。それをぶちこわしてやろうと考えたのかもしれない。

岡本太郎は、やはり凄い人だったと思う。

歌って、踊る芸人だよ

ボブ・ディラン

転がる石《ローリング・ストーン》としての志

これはプレスの共同会見で、ボブ・ディランが答えた言葉である。

記者の一人が「あなたは自分のことを詩人だと思っているのか。それとも歌手だと考えているのか。どちらです？」

と、質問したとき、「歌って、踊る芸人だと思っている」と、自嘲するように言ったのだ。しかし、それは斜に構えた皮肉っぽい回答ではなかった。たぶん彼の中にある本音が、そんな発言をさせたのだろう。

反体制フォークの偶像となった彼が、アコースティックギターからエレキサウンドに転じたときのファンの反撥《はんぱつ》は、今としては想像もつかないほどの激しさだった。

コンサート会場はブーイングに包まれ、楽屋を出るボブ・ディランには、「インチキ野郎!」「ビョーキ!」「食わせもの!」「裏切り男!」など、罵声があびせかけられた。

ピート・シーガーまでが、「あれはフォークじゃない。ポップスだ」と批判したのだ。彼ほど聴衆と向きあうコンサートを大事にするミュージシャンは少ない。ツアーが自分の仕事だと思っているボブ・ディランにとって、それは心が折れるような体験だっただろう。

高橋和巳《かずみ》の『我が心は石にあらず』には、「石に非《あら》ざれば転がすべからざるなり」という言葉が続く。不転向の志である。しかし、『ライク・ア・ローリング・ストーン』もまた一つの志である。転々と変貌するなかに、変わらぬものがある。これから彼はどこへ行くのだろうか。

男の人って可哀想だと。

有吉佐和子

作者が気の毒だと思った

これは世にいう「四畳半襖《よじょうはんふすま》の下張《したばり》裁判」に際して証人として出廷した有吉佐和子《ありよしさわこ》が述べた言葉のなかの一節である。

永井荷風作といわれる作品について、その読後感を問われたのに対し、有吉はこう答えていた。

「男の人って可哀想だという気持です」

そう述べた有吉は、「もうちょっと説明してください」と言われて、

「こんなに努力なさるものかと思って」

と答えている。続けて、

「性行為を描写することにかくも熱意を傾けているということが、あわれに感じられました」

と述べている。

『四畳半襖の下張』という作品が文学であるかないかの議論を超えて、作者を可哀想だという発言はユニークな発想だった。

「やはりああいうのは法廷で論じたり、それから文字で読んだりするよりも、実践のほうが楽しいはずだから、それを一生懸命ます目を埋めて書くというのは、すでに機能が衰えている作家であろうというふうに想像いたしまして、これもまたあわれをさそわれた原因でございます」

有吉の発言をもし作者が聞いたら、どう思うだろうか。文学作品かワイセツかで争われた裁判のなかで、意表をついた有吉のひと言だった。

私は協調して生きることができない

真鍋淑郎

気をつかわない生き方

今年（二〇二一年）のノーベル物理学賞の受賞者、真鍋淑郎《まなべしゅくろう》先生の発言は、周囲の反応を全く気にしていないところがあって面白い。プリンストン大学での会見の席でも、こんなことを言っておられた。

「米国では他人がどう感じるかを気にせずに、自分のやりたい事がやれる」

それはたしかにその通りかもしれない。わが国では常に前後左右、周囲に配慮しなければやっていけないからだ。だから真鍋先生は日本を離れて、米国で自由な研究生活に没頭することができた。その結果、予見にみちた結果を残された。また別な場所では、「私は協調して生きることができない」とも漏らしておられる。

気をつかう、配慮する、忖度する、などの空気のなかで暮らしているのが、私たち日本人の生き方である。それに適応する人もいるし、どうしても合わない人もいる。

米国はたしかに周囲に気をつかわない国である。しかし、それでいてある面では神経質な感じがするほどマナーとかエチケットとかを大事にするところがある。その辺がよくわからない。昔は子供たちに、当代の偉人たちをお手本にするように教えた。好きなことをやれ、他人のことは気にするな、と指導することは、はたしていい事だろうか。

米国が自由な天地なのではなくて、真鍋先生が徹底して自由な人だったのではあるまいか。長所と欠点とは表裏一体のものかもしれない。

お芝居って、やっぱり若い男の人の膝の上で観るものだと思う

大原麗子

虚実皮膜《きょじつひまく》に生きるには

生前の大原麗子《おおはられいこ》さんは、なんだか常識を超えたところのある人だった。

もう何十年も昔の話になるが、ある雑誌で大原さんと対談をすることになって、約束の時間に先に行って待っていた。ところが三十分たってもご本人が姿を見せない。いくら有名なスターだからといっても、人を待たせるにもほどがある。

四十五分まで待って、ついに席を立ちかけたら、突然、上気した面持ちで駆けこんできた。

挨拶《あいさつ》もぬきで、いきなり喋りだした。なんでも新宿で唐十郎の紅《あか》テントの芝居を観てきたのだという。

「とんでもない超満員でね、座るところなんてありゃしない。結局、ワセダの若い学生さんの膝の上に乗っかって最後まで観たの。すごい興奮しちゃった。お芝居って、やっぱり若い男の人の膝の上で観るものよね。そう思わない？　イツキさん」

酒を飲んでいるわけでもなさそうなのに、まるで酔っぱらったような感じである。

結局、その対談は新宿での芝居の話に終始した。とびきりシュールな一夜だったが、雑誌の意図していたと思われる話題は全く出てこなかったような記憶がある。それにしても彼女があんなに興奮していたのは、はたして舞台のせいなのか、それとも若い男性の膝のせいなのか、私は今でもわからないところがある。なにしろ凄い女優さんだった。

ドロドロにして飲み込んだって旨かねえだろ

立川談志

ある日酒場の片隅で

私は九州から上京してきた野暮天《やぼてん》で、寄席とか落語とかに全くなじみがない。「魔里《まり》」という酒場で立川談志《たてかわだんし》さんと言葉を交わしたときも、最初は相手が誰だか気付かなかったほどだ。

私が小説雑誌に書いた養生論について、いきなり批判しはじめたのである。乱暴なようだが、たしかに的を射た反論ではあった。白隠禅師の『夜船閑話《やせんかんな》』なども、ちゃんと読んでいて、言葉づかいは乱暴だが、しごくまともな批判である。

酒に酔っているようでもあり、酔っていないようでもある。しかし、ただこちらにからんできている感じではない。

「あなたはね、とにかく徹底的によく嚙んで食べろって書いてるけど——」

と、彼は私の顔をのぞき込むようにして言った。

「ドロドロになるまで嚙んで飲み込んだって、ちっとも旨《うま》かねえだろ」

それはそうだ、と私も思ったが、議論する気分でもなかったので、

「好きなように食べればいいんですよ」

と、適当に相槌を打ったら、つまらなそうな顔をして帰ってしまった。

そこへやってきた梶山季之《かじやまとしゆき》さんが、

「談志さんと知り合いなのかい」

と、不思議そうな顔をした。それがこの世でただ一度の出会いだった。なぜかその夜のことをよく思い出す。

ぼくは、ただマン然と遊んでいるわけではない

田辺茂一

遊びの奥に視たものは

田辺茂一《たなべもいち》さんは昭和という時代を象徴する遊び人だった。昼間は実業家としてまっとうに働き、日が落ちると〝夜の市長〟と自称する特異な存在だった。

昭和の文人で田辺さんと接触のなかった人は少ないだろう。一流書店の社長でありながら、その肩書を知らない人もいたのだ。私も新人時代に散々、田辺さんのお世話にな

った一人である。九州の田舎からやってきた私に、田辺さんは苦笑しながらさまざまなことを教えてくれた。なにかの折に、いかにも上等そうな和服の一揃《そろ》いをプレゼントしてもらったこともあった。その和服に一度も袖を通さぬまま日が過ぎてしまったが、内心、この野暮天め、と苦笑されていたにちがいない。

当時、流行のGOGOクラブなどに連れられていったこともある。赤坂の「ムゲン」とか「ビブロス」などという店だった。毎夜、呆れるほど律義に夜の街を彷徨《ほうこう》する田辺さんだが、その徹底した遊びっぷりには何か一筋のものが通っていたような気がする。

冒頭の発言は、一九六九年の『週刊大衆』に掲載された立川談志さんとの対談で、ふともらされた言葉である。

酒の席ではいろんなことがあるものだが、田辺茂一さんの怒った顔を見たことがない。飄々《ひょうひょう》としたその存在感は、『十牛図《じゅうぎゅうず》』の「入鄽垂手《にってんすいしゅ》」という言葉を髣髴《ほうふつ》させるものがあった。遊びの果てに田辺さんが何を視《み》たのだろう、としばしば思うことがある。

最後は親鸞の和讃で送られたい

梅原　猛

過剰な想像力の背後に

梅原猛《うめはらたけし》さんは少年のような碩学《せきがく》でいらした。

碩学というのは、深く広いという意味だけではなく、大きい、という意味があるそうだ。

梅原さんは私のような年下の若造にも、友人のように接してくださった。器の大きな人、というのが私の第一印象である。私が休筆と称して京都に疎開《そかい》していたとき、梅原さんにはさまざまな形でサポートしていただいた。梅棹忠夫《うめさおただお》さんや橋本峰雄さんなどに引き合わせてくださったのも梅原さんである。

私は梅原さんと対談集を一冊出させていただいているが（『仏の発見』平凡社）、その中で最も梅原さんが力をこめて語っておられたのが親鸞についての論議だった。「自分には蓮如《れんにょ》は書けないが、親鸞なら書けると思う。死ぬ前になんとしてでも親鸞を書きたい」と、頬を紅潮させて力説しておられた表情を、つい昨日のことのように思い出す。

ジャーナリズムの一部では、梅原さんのことを、学識よりも想像力のほうが先行した人、みたいな見方をする場合がある。私はそれは違うと思う。たしかに梅原さんのイマジネーションは卓抜なものだったが、学問的な裏づけが背後に山のように蓄積されていることを見落としてはならない。大きなゼスチュアは、梅原さんの含羞《がんしゅう》の為《な》せるわざではあるまいか。親鸞をめぐる長い論議のあとに、梅原さんがぽつりともらされたのが、右の言葉だった。

目をそらして独り言のようにつぶやかれた声を、いまも忘れることができない。合掌。

人は死ぬときは死ぬんだよ

フィデル・カストロ

天寿をまっとうしたレジェンド

カストロの死は、ひとつの時代の終わりを象徴するかのように感じられる。カストロはくり返し暗殺の危機にさらされ続けてきた。数百回ともいわれるその企ては、ギネスの記録になったほどだったという。

彼は国民の前で、何時間もの演説をした。暗殺者にとっては、絶好の機会だっただろう。

それにもかかわらず、彼は九十歳の天寿をまっとうした。世界の革命家で、ここまで生きた例はないのではないか。

国連総会に出席するためニューヨークに向かったカストロに、機内でジャーナリストが伝える。生命の危機が待ちうけているかもしれない、と。

それに対するカストロの答えが「人は死ぬときには死ぬ」だった。

盟友《めいゆう》、チェ・ゲバラは死んで永遠のスターとなる。夭折してレジェンドとなる例は少なくない。しかし、生きながらえて伝説となることは至難のわざなのだ。

世界を変えた革命家は、なぜか高い教育を受けた良家の子弟に多い。貧しい青年が権力を握る例は少なくないが、人民の側に立って不屈の戦いを続けるヒーローは、おおむね豊かな知性と教養を身につけた人物である。

彼は日本びいきだったという。来日したときに、京都の祇園を訪れた伝説が語られているが、若き日のゲバラのゴルフ伝説とともに、彼らの人間的魅力を彩る挿話として感じられるのも、人徳というべきだろうか。

風呂にはいっても体を洗ってはいけない

遠藤周作

エビデンスはウナギにあり

『沈黙』の作者、遠藤周作さんは、もう一つのふざけた顔も持っていた。「狐狸庵《こりあん》先生」というのがそれである。吉行淳之介さんの仲間でもあったので、ときおり顔を合わせることがあった。一度、どこかの店で女子大生を引き連れた遠藤さんと遭遇したことがある。

「なんだ君、男同士でこんな店にくるなんて、若い作家はかわいそうだな。オレを見ろ」

と、私たちの間に割り込んできて、気炎をあげだした。

「きみは風呂にはいるか」と、私にきく。

「はいりますよ。ときどきだけど」

「風呂で体を洗うかね」

「一応、洗いますけど。なにか？」

「風呂で体を洗うだと？　それは大変だぞ、きみ」

「なにが大変なんですか」

「人間の体には常在菌といって、大事な菌が棲《す》みついている。それを洗い流してしまうと健康に大きな被害がでるんだ。だから洗っちゃいかんのだ」

「エビデンスがあるんですか？」

「以前、ウナギを洗面器に入れて、体を洗ってやったら一日で死んだ。あのヌルヌルが大事なんだな。わかったか」

遠藤周作というより、狐狸庵先生のイメージが今も強く残っている。最近は一理あるのかもしれない、と思うようになった。

私は小さな坊主である

佐々井秀嶺

インドに仏教は生きている

以前、インドを訪れたときに、ムンバイで佐々井秀嶺《ささいしゅうれい》さんとお会いした。仏教はインドで始まり、いまはインドで衰退している、というのが一般の見方のようだ。しかし、それは間違っているのではあるまいか。

『佐々井秀嶺、インドに笑う』（白石あづさ著／文藝春秋）を読めば、そのことがよくわかると思う。

〈(前略) 半世紀ほど前、数十万人しかいなかった仏教徒が、今では1億5千万人を超えている。その仏教復興の中心的な役割を果たしてきたのが、1967年、32歳でインドにやってきた佐々井さんなのである。〉

私に「インドへ行くなら佐々井さんとぜひ会いなさい。インドの見方が変わりますよ」とすすめてくれたのは、故・山際素男さんだった。

かねてからインドの新仏教運動に関心があった私は、アンベードカル博士ゆかりのムンバイを訪れたとき、ぜひにとお願いして佐々井師と歓談する機会をえたのである。

「広沢虎造《ひろさわとらぞう》が好きでね」

と、インド仏教徒の先頭に立つ佐々井さんは笑って言った。私も寿々木米若《すずきよねわか》に子供の頃から親しんできた世代なので、一瞬で通じるものがあった。

数十万人の人々が集った「大改宗式」で、佐々井さんが発したのが、「私は小さな坊主である」という言葉だったという。

俺は嫌いだ　日曜日が

シャルル・アズナブール

懐かしい歌声の背後に

アズナブールが来日してコンサートをやった。その催しに出かけた編集者が、「アズナブールは凄い！」と興奮して、そのことをしゃべっていた。「なんたって九十歳をこえてるんですからね」

舞台の上で軽くステップをふんでみせるアズナブールに、涙する聴衆もいたという。

アズナブールのルーツは、アルメニアである。一九八四年、彼はアンリ・ヴェルヌイユ監督との連名で、一通の書簡をパリの裁判所あてに送った。それは在仏トルコ大使館に対してテロ事件をおこした二十代のアルメニア青年四人の裁判にかかわる意見だった。

当時、それは単なるテロ事件として報道されていたが、その背後にある歴史への抗議をアズナブールは行ったのである。アウシュヴィッツほかのジェノサイドは、広く世界に知られている。しかし、一九一五年のトルコ政府によるアルメニア人の虐殺事件は、あまり話題にはならない。百五十万人ともいわれるその犠牲者たちのことを思い出してほしい、とアズナブールは訴えていたのだ。いかなる理由があろうとテロは許せない。しかしその背景にあるものを無視してはテロは根絶できないのではないか。

アズナブールの歌声の奥には、常にディアスポラの民の嘆きが流れている。テロを憎む、と宣言しつつ、日曜日は嫌いだ、とうたうシャンソン歌手の歌声に、複雑な思いをおさえることができない聴衆も少なくなかったのではあるまいか。

あたしは、とりあえず
非常に好きなんです、演歌って。

浅川マキ

明けない夜に思い出す歌

浅川《あさかわ》マキと対談をしたのは、いつ頃のことだったのだろう。

その前に、神田共立講堂での彼女のコンサートに出かけて、びっくりして帰ってきた。

二千五百人以上の聴衆がつめかけて、それは大変な熱気だったのである。

どこかにアングラ的、マイナー志向的なイメージのある浅川マキであるが、当時は社会現象を巻きおこすぐらいのビッグな存在だったのだ。

彼女とは一度、金沢に住んでいた頃に会ったことがあった。その日のことは『一期一会の人びと』（中央公論新社）という本のなかにのせた文章に書いている。

いきなり西瓜をさげて訪ねてきた女の子がいて、びっくりしたのだ。一度、東京で歌手デビューして、それがうまくいかなくて故郷の石川県にもどってきている、ということらしかった。

「もう一度、出直してみようか、それともこのまま歌手をあきらめようかと迷ってるんですけど」

と、独り言のように言う。私がなんと答えたかは忘れてしまったが、彼女は再度、上京して寺山修司の歌で大ヒットした。私は自分の好きなベストテン曲の中に、『夜が明けたら』と『赤い橋』の二曲を選んでいる。

浅川マキは、たしかに一つの時代を背おった歌い手だった。年ごとにそんな思いが大きくなってくる。はたして「夜は明けた」だろうか。

相手の洋服をハンガーにかけたりはしません。

宮下順子

女と男のあいだには

日活ロマンポルノの時代、というものがあった。宮下順子《みやしたじゅんこ》さんは、当時、その世界を支えたスター女優として大きな存在だった。この言葉は、一九八〇年の年頭に私と週刊誌の対談を行ったときの、彼女の発言の一部である。

好きな男性のシャツをたたんだり、ズボンをハンガーにかけたりすることに喜びを感じる女性がいる、という話題になったとき、彼女はサラリとこう言ったのだ。

「そういうこと、私はしません、一切」

その口調があまりにも自然な感じだったので、なにか新鮮な風に吹かれたような気分になったものだった。

「二人が特別な関係になったとき、人前で変になれなれしくしたりすることがあるでしょう？　そんなふうに急にころっと変わると、どうしたの？　気でも狂ったの？って思っちゃう」

当時はまだ女性の権利というものが、あまり問題にならない時代だった。好きな人ができても、あまり一緒に住みたいとは思わないと言う宮下さんは、昔つきあっていた男性とひさしぶりに出会ったときどうするかという質問に対して、はっきりと、「私は自分のほうから声をかけます」とも言った。

あるときバルセロナのランブラス通りで、彼女の大きなポスターを見かけたことがある。『エル・アビスモ・デ・ロス・センチードス』という映画の広告だった。スペインの街にしっくりと溶けあったポートレートだった。

女を力で屈服させようとするのは、やめておけ

キース・リチャーズ

問題を解決する道は一つ

ローリング・ストーンズが来日公演を行ったとき、雑誌に頼まれてインタヴューをした。一九九〇年のことだったと思う。

約束の場所へいくと、ミック・ジャガーとキース・リチャーズが待っていた。

通訳を介しての対話だが、身ぶり手ぶり、表情の変化などで、彼らの言わんとすると

ころは素直に伝わってくる。しゃべっている時の二人の姿勢は対照的だった。キースは椅子に深く腰を沈めて背中を丸め込み、質問に対してもすぐには答えない。「えーと、そうだな」と額に手を当てて考えこんだりする。しゃべっているうちに、体がどんどん丸まってきて、椅子にもぐり込んでしまいそうになるのだ。

「男は自分自身を表現しなくてはならない」

と、彼は言った。「世の中には、男と女がいるんだからね」

そしてしばらく黙りこんだあと、肩をすくめてこう言った。

「俺は生涯、女と暮らしてきたよ。だからその難しさがわかる。女がいかに強くなれるかも知っている。男たちに忠告するのは、女を力で屈服させようとするのは、やめておけ、ということさ。男と女は、話をして問題を解決していくしかないんだ」

ベルリンの壁の崩壊について、彼はジェリコの戦いを例にあげて語った。音楽とビジネスの難しい関係についても言及した。私がこれまでにしたインタヴューのなかで、最も忘れられない対話だったと思う。

でも、やっぱり食べようか（笑）。
じゃあ、白身の魚を少し。

モハメッド・アリ

真の強者は常に繊細である

モハメッド・アリという名前よりも、カシアス・クレイのほうが私たちにはなじみが深い。かつてのボクシングヘヴィー級世界チャンピオンだ。一九七二年の春、私はこの偉大なボクサーと雑誌のための対談をした。対談とはいっても、通訳を介してのインタヴューである。

マスコミの噂《うわさ》とはちがって、アリはすこぶる繊細で知的な人物だった。冒頭、私が食事をすすめると、彼は手をふって、ウエイトの調整にいつも気を遣う必要があるので、と答えたが、すこし躊躇したあと、

「でも、やっぱり食べようか」

と恥ずかしそうに言い、「じゃあ、白身の魚を少し」と小声でつぶやいたのだ。その照れくさそうな口調は、とても無敵の世界チャンピオンとは思えぬものだった。

少量の白身魚の身を指でほぐして、貴重なものを味わうように口に運びながら、アリはこんなことを話した。

「たとえばエンジェル・ケーキといえば真っ白いケーキで、デビル・ケーキというのはチョコレートで作った黒いケーキのことです。黒い帽子というと不吉の星を意味するし、脅迫することをブラック・メイルという。ブラック・リスト、ブラック・マーケット、とにかく白は常に良くて、黒は常に悪いという印象を私たちは植えつけられてきました。この刷りこみから自由になることが私たちには大事なんです」

これまで会った中でも、ことに忘れがたい人物の一人である。

私の写真はあまりに美しすぎた

リチャード・アベドン

ぼくの写真はあまりにも美しすぎた

一九七九年の冬、リチャード・アベドンにインタビューをした。英語が苦手な私にとって幸運だったのは、天才的にすぐれた通訳者に恵まれたことだった。

アベドンをモード写真の巨匠としてとらえる見方に、私は反対だった。それはブレッソンを報道写真の大家としてだけ見るのと同じことだと思う。

アベドンの私室の本棚に、ドストエフスキーのロシア語の原書があるのを見て、最初ちょっとびっくりしたが、やがて彼がロシア系のファミリーに属することを知って、なるほどと思った。

アベドンの最初の写真集『オブザベーションズ』に、トルーマン・カポーティの文章がそえられていることは、アベドンが作家の嗅覚を刺激する写真家であることを示しているのだと思う。

アベドンがベトナム戦争のときに、現地で多くの写真を撮ったことは、あまり語られることがない。私がそのことをたずねたとき、彼は口ごもりながら答えた。

「そう。ぼくはベトナムで千枚以上の写真を撮った。でも、その中の一枚だけしか発表しなかった。ある将軍のポートレートを、一枚だけね」

「なぜベトナムの写真を発表しなかったんですか」

彼はしばらく黙ってから答えた。

「ぼくの撮った戦争の写真が、あまりにも美しすぎたから」

私には彼の言わんとするところがよくわかった。

第四章　歳月を超えて

歳月は人を待たず

陶淵明《とうえんめい》の詩より

人は歳月を待たない

「盛年重《せいねんかさ》ねて来《きた》らず　一日再び晨《あした》なり難《がた》し　歳月《さいげつ》は人を待たず」

盛年ふたたび来らず、はわかる。当然のことだ。

きょうは昨日のきょうじゃない、とは演歌の文句にもある。

時はまたたくまに過ぎていく。

だから、どうせよというのか。勉学にいそしめ、とはげますのか。大事業を成しとげよとすすめるのか。

なにをどう頑張ろうと、歳月は人を待たない。あっというまに年月がたってしまい、ただ呆然《ぼうぜん》と立ちつくすのみである。

と、なると、逆に時間を気にしない、という考え方も生まれてくる。

歳月を待たず、それを超えて先行する生き方だ。

老いを待たず、歳月を気にしない。人は生まれた瞬間から老いるのだ、という覚悟である。

十代にして老成す、という生き方もあるだろう。中年にしてすでに高齢の境地にみずからを置く思想もある。

歳月に追いこされるより、歳月を超えて生きる道もあるのではないか。

時間という観念を逆転させる生き方がどこかにありそうな気がしてならない。待ってくれないなら追いこすしかないだろう。

時間の観念が逆転する感覚をおぼえる最近の世相である。

うしろ姿のしぐれてゆくか

種田山頭火

不要不急の生きかた

熊本にきている。台風の余波を受けて、風雨しきりの羽田から飛行機で飛ぶと、熊本は快晴だった。

熊本へやってきたのは、『きょうも隣に山頭火《さんとうか》』という舞台の前座をつとめるためである。

〈山頭火生誕一四〇年に向けて〉とうたわれているこのお芝居は、東京が緊急事態宣言明けの十月二日に上演された。

山頭火のような破格の俳人が、なぜこんなに地熱のような人気を集めているのだろうか。私の郷里の福岡県八女市の八女公園には、「うしろ姿のしぐれてゆくか」という句の碑《ひ》が建っている。

分け入っても分け入っても青い山

とか、

鉄鉢《てつぱつ》の中へも霰《あられ》

とか、みんなが知っている山頭火の句に人びとが惹きつけられる秘密は何なのかを、あらためて考えた。

いわゆるデラシネの思想というのでもない。さりとて一遍《いつぺん》のような宗教的遍歴でもない。政治的逃亡者でもなく、単なる放浪者でもない。自由律句の俳人とされるが、内在するリズムは変調ではあっても日本人のものだ。ジャズでいうビバップの音でもあろうか。

ステイホームの時代に、山頭火は不要不急の旅の重さを無言で語っているのかもしれない。

三日見ぬ間の桜かな

大島蓼太

「知」のありようも散るか

今年の桜は意外に長く咲いていた。パッと咲いてパッと散るはずの桜が、あたかも最後の春を惜しむかのように、粘って咲いているところが面白い。

〈三日見ぬ間の桜かな〉というのは、気がついてみるといつのまにか散ってしまっていた、という話だと信じていた。恥ずかしながら、これまでその出典を知らなかったのだ。

ふと疑問に思って、同行の編集者にたずねてみると、すぐさまアイフォンの画面をタップして、即答してくれた。

「江戸中期の俳人で、大島蓼太《おおしまりようた》という人物がいました。世の中は三日見ぬ間の桜かな、ですね。門弟三千人、ということですから、相当の人物です」

「なるほど。世の中は、か。たしかにそうだ。気がつくとすっかり散ってしまっている桜だからなあ」

「しかしですね、最初の蓼太の意図はそうじゃありません。気がつくといつのまにか桜が満開、という驚きの句だった。それが誤って受けとられて、三日見ないうちに世の中は素早く変わる、桜も散ってしまう、というたとえに使われるようになったのです。元々は『三日見ぬ間に』だったらしいですね」

「へーえ、それも知らなかった。でも、そんなふうに得意げに解説するが、結局はアイフォンの解説を読んでるだけじゃないか」

知のありようも〈三日見ぬ間の桜かな〉である。ため息をついている場合ではない。

駟《し》も舌に及ばず

論語

失言は千里を走る

最近、政治家の失言が少なくない。なかには本音がポロリと露呈《ろてい》する貴重な失言もあるが、ときには命取りになる原因にもなるので気をつけて物を言うことが肝要《かんよう》だろう。

失言とはいうものの、その底にあるものは本音である。

「これを言っちゃおしまいだ」

という警戒心を抱きつつも、人はなぜか危ないものに手を出したがる願望があるのではないか。

〈駟〉というのは、四頭立ての馬車のことらしい。当時は最速を誇る乗り物だったのだろう。いまでいうなら新幹線かジェット機みたいなものだろう。

悪事も千里を走るといわれるが、失言はさらに速く世間に広まる。ましてネット全盛の時代では、千里を走るどころか万里を飛ぶ事態となりかねない。

私も過去に何度か失言ならぬ「失筆」を引きおこしたことがある。しかし、物を書く人間にとって、失筆は向こうキズ、という見方もないわけではない。

あれこれ周囲の反響を気にして、無難な発言だけを繰り返しているだけでは仕事にならないのだ。

つい、うっかりという失言もあるが、背後に世間の反響をさぐる計算ずくの失言もあるから、その辺が難しい。見せかけの失言と、本音が思わず口からもれた失言があるから、この世界は難しいのである。

新そばを手打ちにせんと足軽が
泉　鏡花

俳句と川柳の境目は？

これは鏡花研究の第一人者でいらっしゃる秋山稔《あきやまみのる》先生が「鏡花と句会――泉名月氏旧蔵資料の翻刻と紹介」（『鏡花研究』第14号）と題されて紹介された、泉鏡花の句作の一つである。

鏡花が俳句に親しんだのは、尾崎紅葉の影響によるという。

私も子供の頃、家にあった歳時記などを、わからぬなりに愛読した一人である。当時、異国に住んだ日本人の家庭には、歳時記が必ず一冊ある、と言われていたものだった。祖国から遠く離れて暮らしても、どこかで日本人のアイデンティティーを確認したい気持ちがあったのだろう。

いまも歳時記はブラジルなどでよく売れるのだそうだ。

しかし、一方で川柳という肩のこらない作品にも惹かれる気持ちがあって、俳句と川柳の線引きを、どう考えるべきか悩むところがある。

金沢には先般、佐高信《まこと》氏が紹介した川柳作家、鶴彬《つるあきら》という人物がいた（『反戦川柳人鶴彬の獄死』集英社新書）。「静」の俳句に対して、「動」の川柳といった感じなのだ。

秋山先生が紹介された鏡花の句の一つに、こんな句があった。

〈新そばを手打ちにせんと足軽《あしがる》が〉

これは川柳として読んでも、思わず笑いがこみあげてくる作品である。鏡花先生、意外なところで遊び心が顔を出した感じだ。どこかに鏡花の反骨もうかがえる。面白い。

「人を信頼する」あるいは「裏切る」という倫理的判断はＡＩにはできない

森本あんり

ＡＩが葛藤するとき

いま嵐のように吹き荒れているのが、人工知能〈チャットＧＰＴ〉についての論議である。

その論議とは関係なく、さまざまな分野でいまＡＩは採用され、愛用されている。裁判に関する法律的な見解にさえＡＩがもちいられているらしい。これを〈リーガルテック〉と称するのだそうだ。

ＡＩが人間の行為を裁く、などということを、私たちはどう考えればよいのだろうか。

先日、神学者で大学の学長さんでもいらっしゃる森本あんりさんと対談をさせていただいた。その折に、森本さんのおっしゃった言葉が、つよく私の記憶に残った。

「人間は忠実に約束を守るのか裏切るのかわからないからこそ、命令に従うことの意義があります。しかしＡＩはアルゴリズムに則《のっと》ってパターンで自動実行するだけですから、誤動作はあるかもしれませんが、行動に迷いや葛藤はない。（中略）倫理的な命令に従うことは人間にしかできないと思うのです」

ＡＩに頼ろうとする態度は、ある意味では人間万能主義への懐疑とも捉えられる、と森本さんはおっしゃった。なるほど、と深くうなずきながら、一瞬、ふと不安が心によぎった。

ＡＩが不安や懐疑、倫理や裏切りの世界にまで足を踏みこんできたら、と、考えたのだ。私たちはいま、難しい局面に立っている。森本さんの指摘には、とても共感できるものがあり、思わずうなずいてしまった。

読み書き算盤

ことわざ

新しい階級社会の成立

喫茶店などで見ていると、かなり御高齢のかたでも、器用にスマホを駆使なさるかたがいらっしゃる。

まるでピアノの鍵盤《けんばん》を扱うようにひらひらと見事な指遣いだ。

しかし、概《がい》して高齢者はデジタル機器の扱いには慣れていない。

私の知っている出版社の社長さんは、スマホはもちろん、ほとんど電子機器に手を触れない。そのかわり抜群にキーボードの扱いが巧みな、若くて綺麗《きれい》なアシスタントを常に身近において活用なさっている。どうでもいいネット情報などにもやたらくわしいのは、人材適用の妙というべきか。

しかし、そんな立場にない一般高齢者は、やはり電子機器の取り扱いについては稚拙なかたがたが多い。

封建時代は〈読み書き算盤《そろばん》〉といった。その新メディアを駆使できなければ商売もできない時代だったのである。

いまのデジタル社会も似たようなものだ。たしかに若い人にまじってパソコン教室に通うというのは、ボケ防止にもなるだろう。また高齢者だからといって、世の中は必ずしも甘やかしてはくれないのだ。しかし、孫に小遣《こづか》いをやってキーボードの扱いかたをおそわったところで、たかがしれている。

今後はデジタル時代に適応できる階級と、そうでない人々との新しい階級社会が生まれてくるのではあるまいか。桑原《くわばら》、桑原。

自腹を切る

ことわざ

とかくお金に関しては

いまどきの若い人には、もう通じない言葉かもしれない。

経費で落とせない費用を泣く泣く自費で負担する痛みは、切腹に比肩するといえば大げさだが、そのつらさはわからぬでもない。

「ここはおれにまかせてくれ」

「すみませんね、先輩」

「ごちそうさまです。男だなあ」

などとはやされても心の疵《きず》、いや財布の傷は癒えない。

自腹を切るのは、一種の投資である、と割り切る人もいないではない。コスパを長期で期待する深謀遠慮《しんぼうえんりょ》である。しかし、自腹を切ることで、かえって周囲に軽く見られることもないわけではないので注意が必要だ。「いい格好《かっこう》しやがって」と、陰で笑われるようでは自腹を切った甲斐《かい》がない。

私が学生だった頃、なにかといえば自腹を切りたがるのが九州の仲間だった。

「金もないくせに」

と、あとで陰口《かげぐち》を叩かれるのを耳にすると心が痛んだ。

「ここはおれが――」

と、大見得《おおみえ》を切るのもどうかと思うが、誰も気づかないうちにこっそり勘定をすませておいて、いい格好するというのもなんとなく気恥ずかしいところがある。

とかく、お金に関しての振る舞いはむずかしい。

隗《かい》より始めよ

『戦国策』

万物は変化する

私たちが学生の頃までは、日常会話のなかに古風な表現をまじえることが少なくなかった。

仲間うちで誰かが新しい提案をする。すると誰かが、

「まず、隗より始めよ、だな」

と水をさす。言い出した奴《やつ》がまず先頭に立ってやれ、という意味でよく使われた表現だった。もともとの意味は誰も知らない。ただ、「お前さんがやれよ」という、ちょっと意地悪な言いかたである。しかし、最近になって「隗」とはなんぞや、と、ふと疑問を感じて調べてみて、おやおやと少しびっくりした。

要するに燕《えん》の昭王という王と、郭隗《かくかい》という抜け目のない男との知恵くらべである。人にせよ物にせよ、超一流のそれを手に入れようとするならば、まず二流というか、ほどほどのものを獲得して、それを大事にすることだ、という話。

そうすればおのずと望む超一流も向こうからやってくるだろう、と郭隗は勝手なことを言う。たとえば自分のような二、三流のものでも厚遇すれば、本物は黙っていても寄ってくるものだ、と勝手な論を展開する。

いつのまにか意味が変化して、言い出した者からやれ、という格言になったらしい。

なんだかあらゆる格言の意味を探してみると、すべてが変化してしまっていそうで気になってきた。

信、不信を問わず

一遍上人

他力と自力のあいだには

捨て聖《ひじり》とも、遊行《ゆぎよう》上人ともいわれた一遍《いっぺん》は、念仏者の系譜のなかで、ひときわ異彩をはなつ存在である。

親鸞が〈信〉を強調したのに対して、一遍は〈信、不信を問わず〉に念仏をすすめた点が強調されることが多い。

しかし、親鸞は〈他力の念仏〉を強調したのであって、自力の念仏ではない。差別なき救済に対して、思わず知らず発する感激の声が念仏の本質だと説いたのだ。

蓮如はそれを単純化して、〈報恩感謝の念仏〉と称した。

一遍は南無阿弥陀仏の文字を書いた札を人々に配るなかで、それを拒否する民衆がいることに気づく。そして、悩んだ末に〈信、不信を問わず〉〈浄、不浄を論ぜず〉、ただ念仏を記《しる》した札を持つだけでよい、という結論に達した。

「信じようが信じまいが、とにかくこの札を所持しなさい」と説いたのだ。

すべてを仏にまかせて、ひたすら信じる、ということは、とりもなおさず自力の働《はたら》きではないか、と反論する人もいる。

しかし、これに対して、親鸞はまた新しい視点からそれを否定する。

〈信とは、みずからが信じることではない。仏からあたえられた信なのだ〉と。

仏の側から贈与された信を他力という。

みずから進んで獲得した信を自力の信という。当時は白熱した思想の時代だった。

真円よりも楕円の思想が大事

花田清輝

とび越える、という道もある

真円《しんえん》の思想とは、中心が一つしかない円のことだ。楕円《だえん》には二つの中心点がある。いや、こういう大雑把《おおざっぱ》な説明では楕円は表現できない。2定点F、F′からの距離の和が一定である点の軌跡が楕円である、と言われてもピンとこないだろう。

まあ、真円でない変な形をした円形のことらしい、と言ったら叱られるだろうか。

とりあえず、人は片方の脚だけでは歩かない。一般に右、左と交互に二足で歩行する。この道一筋、というのは立派な生き方だ。しかし、人間は左右にブレながらまっすぐ歩くのである。

上か下か。右か左か。古か新か。理か情か。私たちは常に二つの点の選択を迫られながら生きている。義理と人情を秤《はかり》にかけりゃ、という歌もあった。どちらをとるか、という決断を迫られることは、実人生ではしばしばあることだ。そういうときに、どうするか。

ギリギリのところまで自分の頭で考えて、あとは目をつぶってどちらかに賭ける、というのが普通のやり方だろう。俗にいう、運を天に任せるのだ。

しかし、横超《おうちょう》、という不思議な言葉がある。右か左かに悩んだ果てに、一挙にそこをとび越えるのだという。左右だけでなく、上下という考え方もあるのではないか、と示唆《しさ》する不思議な表現である。とりあえず、道は一つしかない、と決めこんでしまうのは良くないと思うのだ。

文学者、特に詩人の叙情詩的な精神が危険なのです

沼野充義

「論には論」を「情には情」を

これはある対話集のなかで、沼野充義《ぬまのみつよし》さんが洩《も》らされた言葉の一部である。ロシア・東欧文学研究の第一人者である沼野さんの、溜め息のようなひと言が、ひどく心に響いた。

昭和はすでに遠くへ過ぎ去ったが、その幻影はいまだに尾を引いて残っている。思う

に戦前の昭和は、「論」によって戦争に飛びこんでいった時代ではない。国家の強制によって民衆が動員された結果でもない。子供から老人まで、一般の民衆が集団的叙情《じょじょう》によって献身した時代だった。

「叙情詩的」などという表現がある。じつはその言葉自体が、どれほどの叙情をはらんでいることか。

私たちは東條英機の思想によって聖戦に身を投じたわけではない。天才的作曲家、信《のぶ》時潔《とききよし》の『海ゆかば』の叙情に共感し、歌謡曲『九段の母』のメロディーに涙して、父を、子を戦場に送ったのだ。

文学者、詩人のみならず、音楽家も、画家も、歌い手も、大半の芸術家は、すべて情の煽動《せんどう》者だった。『ラ・マルセイエーズ』も、『インターナショナル』の歌声も同じである。叙情は常に両刃《もろは》の剣《つるぎ》である。孤独な人びとは、常に一体感を求める。戦前の叙情は、ほとんどが国民的一体感の子守唄だった。情を論破することは不可能だ。小野十三郎《とおざぶろう》のいう「新しき叙情」の確立は至難の業《わざ》である。しかし「論には論を、情には情を」の道しかあるまい。新しい「情の時代」が始まった。

敵をもった踊り念仏をつくらなければならない

小田 実

「三密」の時代を振り返る

昭和四十八年の夏、『話の特集』という雑誌で鼎談《ていだん》をやったときに小田実《おだまこと》がもらした言葉である。もう一人のメンバーは学者の久野収《くのおさむ》さんだった。二人ともすでに「思い出のなかの人びと」になってしまった。夏になると、ふと往時のことがよみがえってくる。

社会的運動を音楽にたとえた私の発言に対して、小田さんは「それは踊《おど》り念仏《ねんぶつ》みたいなもんだな」と言った。

「いろんな議論のあとに、突如踊りだした一遍にしたがって、他の連中も踊りだしたわけで、これは偉大なる政治指導者だと思うな」

しかし、とひと呼吸おいて彼が言った言葉がおもしろかった。

「踊り念仏には敵がいないんで、敵を設定しないといけない。（中略）踊り念仏は緊張関係の極致《きよくち》だと思う。だってしようがないものやってるんだもの。もしあれに敵があれば、偉大な行為だと思うな」

べ平連について語る人は、あまりいなくなった。べ平連、といっても若い人にはピンとこないだろう。しかし、コロナの時代に、かつての人々が密集し、密接に行動した記憶は回想されてもいいのではあるまいか。

いまオンラインの時代に小田実が生きていたら、どんな運動を展開しただろうか。ネットを駆使した新しい運動体を組織することを考えたか。または逆の方向を目指しただろうか。現代の踊り念仏とは何だろう。

善意の限界は必ず訪れる

墓田 桂

今世紀はデラシネの時代である

これは『難民問題』（墓田《はかた》 桂《けい》／中公新書）の「はしがき」の最後に、著者が書きそえた言葉である。

中東からの難民がヨーロッパに押し寄せたニュースは、これまでになかった衝撃を世界にあたえた。溺死《できし》して海岸に打ちあげられた幼児の写真に胸を打たれた人びとは少なくなかったことだろう。

力ずくで土地から引き離された人びとを、デラシネと呼ぶ。浮き草とか流れ者のことではない。

二十世紀は強制移住、大量移民の時代だった。スターリンは何十万、何百万の人口を強制的に移住させたが、自発的に故国を離れた人びともまたデラシネである。

その後、パリ、その他でおきたテロ事件で、難民への視線がドラマチックに変わった。ふたたび国境が閉鎖され、好意的だったドイツの国民感情も醒《さ》めていく。〈善意の限界は必ず訪れる〉という言葉は、どうしようもない重さで私たちの心にのしかかってくるのだ。

おそらく難民問題は、今世紀最大の問題となるだろう。好むと好まざるとにかかわらず、私たちはいやおうなしにそこに向き合わなければならない。

二十世紀にはじまる難民、移民の問題を背負うには、善意では荷が重すぎる。それは政治と経済の世界だけでなく、文化や思想までも大きく変えていく潮流にちがいない。では、ヒューマンな善意のほかには何が必要か。それはまだ見えない。

天子《てんし》未《いま》だ崩《ほう》ぜず
川開《かわびらき》を禁ずるの必要なし

夏目漱石

文豪夏目漱石の日記より

漱石の日記の中の言葉である。

一九一二年夏、明治大帝が崩御された。この漱石の文章は、その十日前に記されたものだ。

〈天子未だ崩ぜず川開を禁ずるの必要なし〉

という言葉に続いて、次のような文章が続く。

〈細民《さいみん》是が為に困るもの多からん。（中略）天子の病は万臣の同情に価《あたい》す。然《しか》れども万民の営業直接天子の病気に害を与へざる限りは進行して然るべし〉

新型コロナウイルスの猖獗《しょうけつ》は、国民全体の一大事である。学校の休校、その他集会等の自粛は当然のことだ。しかし、それを上から執行することを英断とするのはどうか。国民運動として発議され、国は全力をあげてそれを支援するというのが望ましいありようではあるまいか。

非常事態宣言は伝家の宝刀である。伝家の宝刀は後がないところに重みがある。力で抑えきった中国のパワーは、たしかに畏怖《いふ》すべきものであった。しかし、かつてのSARSのウイルスも、中国の広東省が発生源とされている。

先例が必ずしも相続されていないと感じるのは私だけだろうか。

国の決断は諸刃《もろは》の剣だ。近年、さまざまな形で国家と国民の力のバランスが傾斜してきた感がある。夏目漱石は、「当局の干渉」という表現を用いて、その偏向を嘆いているのだろう。

私は博士の学位を頂きたくないのであります　夏目漱石

漱石の手紙より

明治四十四年二月、文部省から一通の通達が届いたときの漱石の返事の一節である。文学博士号の学位授与の連絡があったとき、漱石はこのような辞退の手紙を書いた、と、『夏目漱石漢詩考』（斎藤順二著／教育出版センター）の中にある。

〈学位授与と申すと二三日前の新聞で承知した通り博士会で小生を博士に推薦されたに

就て、右博士の称号を小生に授与になる事かと存じます。然る処小生は今日迄たゞの夏目なにがしとして世を渡つて参りましたし、是から先も矢張りたゞの夏目なにがしで暮したい希望を持つて居ります。従つて私は博士の学位を頂きたくないのであります〉

これに対して〈文部省側はすでに発令済だから辞退できないというし、漱石の方は本人の意志を無視しての一方的な通達に不快を感じると言い、結局は双方物わかれに終わってしまう〉（同書巻末エッセイ、漱石と新紙幣）

これは「博士号問題」として有名な話だそうだが、私は知らなかった。

大作家としての漱石像のなかに、どこかにトゲのようなものの存在を感じるところが以前からあった。「暗愁《あんしゅう》」という語をしばしば漢詩のなかで用いた漱石の心情が、かいま見えるようなエピソードである。

「私と国家」という問題を漱石はどのように考えていたのだろうか。あらためて文豪の思想にわけ入ってみたい衝動をおぼえた。

余ハ石見《いわみ》人《じん》森《もり》林《りん》太郎《たろう》トシテ死セント欲ス

森 鷗外

残された人びとの志

森鷗外が死んだのは、大正十一年七月九日だった。死の数日前に親友の一人に口述して、この遺言を残している。

〈墓ハ　森 林太郎墓ノ外《ほか》一字モホル可《べか》ラス〉

という言葉とともに、

〈宮内省陸軍ノ榮典ハ絶對《ぜったい》ニ取リヤメヲ請《こ》フ〉

と、わざわざ書きそえてある。

墓は最初は東京・向島の弘福寺にあった。しかし翌年の関東大震災で寺が全焼したため、その後、三鷹市の禅林寺に移された。のちに禅林寺から分骨されて故郷の津和野《つわの》に帰り、永明寺《ようめいじ》にもう一つの墓がつくられた。私は若い友人らと共に津和野を訪れたとき、その墓に詣でたことがある。質朴で、とてもいい墓だと思った。しかし、若い友人の一人が、「シンリンタロウの墓か」と、つぶやいたので苦笑を禁じえなかったことを憶えている。

森鷗外は十一歳で故郷を後にして以来、生前ついに一度も津和野へもどっていない。あれほどの出世をとげながら、かたくなに故郷へ錦《にしき》を飾ろうとしなかったのは、いかなる事情によるものだろうか。

津和野はつつましく、そして典雅な町である。そんな美しい故郷へ帰ることなく生涯を終えた鷗外ではあったが、死を目前にして、〈石見人トシテ〉とはっきり言い残している。

鷗外の遺言は正しく受け継がれたといってよい。これは希有なことだと思う。残された人びとの志の高さが、そこに表れている。

引き揚げという言葉を
私は使いません、
追放と言います。

四方田犬彦『志願兵の肖像』

追放された者として

目からウロコ、という表現があるが、四方田《よもた》さんのこの言葉を読んだとき、両方の目は勿論《もちろん》、心のウロコまでが剝《は》げ落ちるような気がした。

私は戦争で日本が敗れたのち、かつて外地と呼ばれた朝鮮半島から帰国した人間である。北朝鮮の平壌《ピョンヤン》から逃亡し、三十八度線を徒歩で越えたのだ。当時、平壌はソ連軍の支配下にあって、日本人の移動は厳しく禁じられていたのである。

当時の私たちは、かつての支配民族として追放される立場でありながら、国の引き揚げ事業は進まず、さらに移動も禁じられるという、二重の宙吊《ちゆうづ》り状態におかれていた。発疹チフスの流行と飢餓《きが》状態のなか、座して死を待つよりと非合法の脱出を試み、失敗して逮捕、どこかへ移送された者たちも多かった。いっそ追放してもらえたら、と切に願ったものである。二重に拒否された棄民《きみん》だったのだ。

かなり順調に追放（帰国送還）が進んだ国もあったのだが、満州と北朝鮮は追放さえされなかった。祖国と他国の両方から追放された棄民を、カミュは「異邦人」と名づけた。ピエ・ノワールとも呼ばれたという。

かつて内村剛介《うちむらごうすけ》は、「なぜ現地にとけこんで帰国を拒否しなかったのか」と批判したが、それは勝手に他国へ渡り、事あらばあわてて逃げ帰る姿勢への批判だろう。

ともあれ、安易にこれまで〈引き揚げ者〉を自称していた事を、深く反省させられた痛烈な発言だった。

ワイセツによって大戦争や革命が起こった例は過去にはない

澁澤龍彦

超高齢社会の夢

「チャタレイ裁判」以来の文学裁判として注目を集めたのが、サドをめぐる裁判である。

マルキ・ド・サドの『悪徳の栄え』を訳した澁澤龍彦を弁護するために、埴谷《はにや》雄高《ゆたか》、大岡昇平、遠藤周作などの著名作家が登場して、当時は大話題だった。

検察はサドの作品を有罪にするために、フランスにまで出向したという。

その裁判の席で訳者の澁澤龍彦は、徹底的に検察側に反論した。その時の発言がこのフレーズである。

〈ワイセツによって大戦争や革命が起こった例は過去にはない。それは仮に存在しても危険思想ではない。ワイセツよりも〝絶望〟のほうがはるかに危険思想ではないか〉

遠藤周作は、こう力説した。

〈サド小説は、エロ場面だけを読むものではありません。エロとエロの間に彼は、なぜそうした場面を書かなければならなかったかという理由を書いているのです。だから検事がエロと感じるなら、その場面だけを拾い読みしたのじゃないですか〉

読者を刺激するどころか、むしろ滑稽感さえあると指摘したのは、大岡昇平だ。一九六〇年代は、文学と社会との間に強い緊張感が見られた時代だったと言ってもいいだろう。

この裁判は、結局、一審無罪の判決となった。当時の週刊誌は「チャタレイ死すともサドは死なず」という見出しの記事を載せている。

競馬新聞やアルサロの広告などの中に日本文学の伝統が生きている

塚本邦雄

深く広い詩人の目くばり

これは以前、『情況』という雑誌で塚本邦雄《つかもとくにお》さんと対談をやったときの発言の切れ端である。

塚本さんは私が若い頃から畏敬《いけい》していた詩人であったから、対談の場ではひどく緊張した。たぶんいろいろと気負った言葉を並べたてる私に、苦笑しながらつきあってくださったのだろうと思う。

話が俳句から日本人の季節感に広がっていったとき、塚本さんはこんなことを話された。

「私は例えば競馬などは、全然知らないのですが、馬の名前をズラリと横に並べて読んでいるととても面白い。ときどき古今、新古今調の名前があるんです。ミネノユキだとか、タケノアラシとか。予想記事でも、短詩型文学をやった人ではないかと思うほど、むだのない言葉を操《あやつ》っている。〝あいつは弥次馬《やじ》、こいつは馬車馬、あんたはじゃじゃ馬、ぼくは当て馬〟なんてね。ああいうスポーツライターは、相当、海千山千《うみせんやません》の文学青年の名文家ですよ。電車の広告でも、大阪のアルサロやキャバレーの広告では、抜群にうまい俳句的なものがあります」

高踏《こうとう》的な詩歌論になったらどうしようと、緊張していた気持ちが一挙に和らいだ一夕だった。

たしかに塚本さんの言われた通り、大阪人の感覚は夜の街にも生きている。「五十歳以上の熟女を揃えました」という道頓堀のある酒場の名前に、「汁婆《シルバー》」というのがあって、今も忘れ難い。能の古典にでもありそうな気がする。

落ちたらば面白いがと思ひつゝ
煙突をのぼる人をみつむる

夢野久作

異様な作家がいたものだ

夢《ゆめ》野《の》久作《きゅうさく》は伝説の作家である。文学界の異端のレジェンドといってもいい。小説を書くことを志した人間は、だれもがこの作家のことを意識するものだ。

昭和五年といえば、私が生まれる二年前のことだが、その頃の彼の日記を読むと、なんと多趣味な人物だったのだろうと、呆れるしかない。テニス、ドライヴ、囲碁、トランプ、カフェーと、じつに精力的に遊んでいるのだが、きわめつきは麻雀である。連日、卓を囲むこともあったようだ。それでいて、短歌だの、俳句だのを作ったりするゆとりもあったのだから恐れ入るばかりだ。

その短歌のひとつに、煙突をのぼる人をみつめる歌があった。人間の心理の底深い所に触れているようで、ドキリとさせられるところがある。

また、こんな歌もある。

〈ヂレットの古刃にバタを塗り付けて　犬に喰はせて興ずる女〉

こういう女性とだけはおつき合いしたくない。忘れようと思っても、なかなか忘れることのできない歌だ。

昭和十年十二月十四日土曜日の日記。

〈眼の前の原稿がやつと今日済んだ。日本少年　令女界　サンデ毎日、週間《（ママ）》朝日、福日、これから来年の仕事。新青年長篇、冨士長篇、現代長篇、日本少年。〉

締め切りが大変で、などと言ったりはするまい、とあらためて思う。

僕は悲しいと云って泣いた事はない

堺 利彦

ペンをもってパンをうること

わが国で最古の週刊誌は、週刊『サンデー』である。明治四十一年（一九〇八）に創刊され、大正五年（一九一六）まで続いた。

スポンサーが杉山茂丸。福岡出身の右翼の大物で、夢野久作の父親である。

当初は泉鏡花、与謝野鉄幹、小栗風葉《ふうよう》など、人気作家が顔をそろえた。その『サンデー』にコラムを連載していたのが、売文社《ばいぶんしゃ》を立ちあげた堺利彦《さかいとしひこ》だった。「寸馬豆人《すんばとうじん》」というコラムを断続的に書き続ける一方で、評論や翻訳などものせている。このあたりの事情は、黒岩比佐子著『パンとペン』（講談社）にくわしい。

堺利彦は、作家であり、評論家であり、ライターであり、活動家だった。ひとことで言えば、ジャーナリストである。無政府主義者というレッテルをはられて、千葉監獄にいたとき、妻の為子に送った書簡の一節に「僕は悲しいと云つて泣いた事はない」と述べている。「僕の涙はいつでも嬉しいと云ふ涙、有がたいと云ふ涙である（後略）」というのだ。

「筆は一本、箸は二本」と嘆いた斎藤緑雨《さいとうりょくう》のことを、堺は「緑雨は病に衰へながら皮肉の言を吐くに苦心せり」と書いた。ペンをもってパンをうることは、生活のためでもあり、同時に時代との闘いでもあった。玄洋社と売文社を生んだ福岡人の振幅の大きさに驚くときがある。堺利彦、葉山嘉樹《よしき》、夢野久作、という系譜に注目すべきだろう。

第五章　みずみずしい晩年

優柔不断とか、あいまいさの中にこそ自由がある気がしている

横尾忠則

老いもチャンスの一つだ

関西の〝どっちでもええ〃とか〝じゃーないやんけ〃という受け身の生き方が好きだ、と横尾忠則《よこおただのり》さんはインタビューのなかで語っている。

関西ではなく九州出身の私も、同じような考え方をしているところがある。あいまいというか、投げやりのようで、必ずしもそうではない。自分の小さな計算を超えた〝何

か〟がある、と、どこかで感じているのだ。

ロシア語に「ダー・ニェート」という表現があると教わったことがあった。「ダー」は肯定、「ニェート」は否定である。

「イエスかノーか」と単純に決めることができないのが世の中というものだ。

「うーん、まあ、どっちとも言えんけど……」

と、いう場面が実人生にはしばしばある。

人は迷うものである。迷ったあげくに自由を放棄する気持ちで決断する。そしておおむね後悔することが多い。

二者択一のほかに道はないのか。私はあると思う。それは決めることができない、という第三の選択だ。法然《ほうねん》はそれを「時機相応《じきそうおう》」という言葉で表現した。

ある時は白、ある時は黒。状況が変わればこちらの選択も変わる。人間いかに生きるべきかは、年齢と立場によるのではないか。老いもそのチャンスの一つととらえようとする横尾さんの発想に、みずみずしい晩年、という言葉をふと思いだしてしまった。

人生は捨てたものではありません

栗山英樹

一歩退いた言葉の陰に

先日、栗山英樹さんとラジオのための対談をした。

私がプロ野球の人と対談をしたのは、栗山さんが三人目である。これまでに長嶋茂雄さん、野村克也さんと対談をしたことがあった。

長嶋さんも野村さんも、いずれもイメージどおりのお人柄で、まごうことなきオーラを感じたものだった。

栗山さんはＷＢＣの日本代表チームの監督をつとめた野球人だから、両先輩に劣らぬ大きな存在である。しかし、事前に、『栗山ノート』『栗山ノート２』（光文社）を読んで、おや、と思った。

これは私と同じ土俵の人じゃないか、と、なんとなくそう感じたのである。新人の作家の書く文章のような若々しさと、繊細な感覚が横溢《おういつ》している。野球の話なのだが、一種の自伝にもなっていて、いわゆる名人上手が語る芸譚《げいたん》のような臭みがない。

〈あとがき〉の末尾、著者が書いた文章のなかに、「人生は捨てたものではありません」という言葉があった。「捨てものではない」という一歩退いた表現に、栗山さんのこれまでの時間の重さが感じられて共感した。

私はＭ・ゴーリキーの「人生はひどいもんだ。だが、だからといって自分で投げ捨てるほど、ひどいもんじゃない」という言葉を若い頃、支えにしていた時期があった。

そのことを思い出した対談だった。

負けるということは神様の思し召し

加藤一二三

人生の序盤と終盤

いやなニュースばかり続くなかで、胸のつかえが下りるような話題が将棋界からもたらされた。

藤井聡太四段の連勝記録と、加藤一二三《ひふみ》九段の引退である。二十九連勝で止まったとはいえ大記録である（二〇一七年六月）。

十四歳の藤井少年は、その素朴なイメージもあって国民的アイドルとなった。しかし、国民的スターとして日本人の共感を集めたのは、「ひふみん」こと加藤一二三老大《ろうだい》のほうだったのではあるまいか。

老大というのは、少壮の時期を過ぎ、多くの経験をつんで成熟することである。藤井四段と同じく十四歳でプロの道に進んで、早熟の天才とうたわれた加藤氏が、新星の登場と相前後《あいぜんご》して引退する姿は、多くの人びとの心に深い清涼感をあたえた。将棋界という業界をこえて、ヒューマンな事件となったと言っていい。

加藤一二三氏は勝負師を自称して、「私から闘いを取ったら何も残らない」と言っている。その人にして、「負けることは神様の思し召し《おぼしめし》」とつぶやくところに大きさがある。

加藤さんは、パウロという洗礼名を持つ敬虔《けいけん》なカトリックの信仰者であるという。「ひふみん」のユーモラスなイメージの背後には、重い人間的葛藤が秘められているのではあるまいか。飄々とした言動は、鈴木大拙師の妙好人《みょうこうにん》の世界と相通じるような気がしてならない。将棋を習っておけばよかったと後悔するが、もうおそい。何事も序盤が大切。

死ぬことを恐れるのは
それに伴う絶望感や無力感、
孤独感のためである

E・キューブラー・ロス

新しい死後の物語を

死について語られた本のなかで、あまりにも有名なキューブラー・ロスの著作は、『死ぬ瞬間』という邦題で知られているが、直訳すれば『死とその過程について』となると、訳者の鈴木晶氏は述べている（中公文庫）。

これは一九六九年に出版されて以来、死に関する定番文献として現在まで読み継がれているロングセラーで、末期医療にたずさわる人なら一度は手にとったことがあるにちがいない。

この本のなかでは、著者は死を一つの結末として受けとめているようだ。のちにキューブラー・ロスは死後の世界についても語るようになるのが興味ぶかい。

人は死ねば宇宙のゴミになる、というのでは、やはりあまりにも味気ない。死に伴う絶望感や無力感、そして孤独感などは、そこからきているような気がする。

昔のお年寄りは、「後生《ごしょう》」という言葉を素直に信じていた。「後生」とは、死んだのちの世界のことだ。

「後生はお寺さんにおまかせ」

というのが、かつての高齢者の合言葉だったが、いまは聞かない。かつての地獄、極楽の説話では、合理的な現代人を説得することが不可能なのだ。

私たちはいま、新しい死後の物語を必要としているのではあるまいか。それを信ずるに足る物語を、である。

それはすでに宗教の守備範囲ではなくなっているのかもしれない。

漢字は音訓の用法において国字である

白川 静

漢字と国字のあいだには

外国で地元の人と名刺の交換をすることはあまりないものの、まったくないわけではない。ある夏、イスタンブールを訪れたとき、現代詩の朗読会があるというので会場を訪れてみた。もちろん私はトルコ語はまったくわからない。それでも詩の世界は、音の響きを聴くだけでも楽しいのではないかと思って、でかけていったのだ。

会場は青いボスポラス海峡を見おろす建物の上階にあって、二十人ほどの地元の人々が集っていた。その日は、ヒクメットの作品が読まれるのだと聞いた。

会が始まる前に、世話人のような男性がやってきて、日本人ですね、と英語できく。それくらいの英語はわかるので、イエスと答えたら、日本式に名刺をくれた。私も名刺を出して渡すと、

「これは中国の文字だね」

と言う。どうやら学者らしいと見た。

「いや、ジャパニーズ・キャラクターです」と私。

相手はけげんそうに首をひねって、

「ミスター・ウームー？」

と、きく。

「ノー。アイ・アム・イツーキ」

そのとき私の頭にあったのは、「漢字は音訓の用法において国字である」という白川《しらかわ》静《しずか》さんの言葉だった。

ヒクメットの詩はすごく綺麗な音だった。

「物乞い」も、結局は〝哀れさ〟を売って銭をもらっている

中尾健次

哀れさを売るのも芸のうち

これは中尾健次《なかおけんじ》著『江戸の大道芸人・都市下層民の世界』（ちくま文庫）のなかで、江戸非人の生業《なりわい》について著者が語っている一節である。

当時の非人の生業として、古雪踏直《せった》し・古木拾い・紙くず拾い・浄瑠璃語り・物まね・袖乞《そでご》い、などの仕事があったという。そのなかでも、雪踏直しと物まねの二つは彼らの

生業の代表的なものであった。

しかし、基本的な非人の〝芸〟は、「物もらい」であり、「袖乞い」であったらしい。

〈（前略）「袖乞い」「物《もの》乞い」ということばだから、ムシロなどにすわってひたすら銭を乞うすがたをイメージする人が多いでしょう。しかしこうした「物乞い」も、結局は〝哀れさ〟を売って銭をもらっているわけで、一方的に銭を受けとっているわけではありません。要はなにを売るかです（後略）〉

ムシロをしいて路上で物乞いをする人々もまた〝哀れさ〟を演じて銭をもらっているのだ、という著者の意見に思わず膝を打つところがあった。

どんな下層民にも意気地というものがある。ただ物を乞うわけではない。〝哀れさ〟を演じることで銭を受けとる、正当な交換がそこにはあるのだ。人間として対等であるという秘められた意識をそこに見出すのは、卓見というべきだろう。

戦後の作家にも、そのような芸を売って身を立てている人たちが大勢いたことを思い出した。

筆は一本也 箸は二本也

斉藤緑雨

包丁一本にも及ばず

斎藤緑雨は希代の毒舌家《どくぜつか》だった。批評家として文壇を震撼《しんかん》せしめたが、その生涯は苦渋《くじゅう》にみちたものだった。

晩年、といっても三十代後半だが、結核と生活苦にさいなまれる。樋口一葉との親交がその生涯に一筋の光を投げかけている。

彼の言葉で、いまも人びとの記憶に残っているのは、「按《あん》ずるに、筆《ふで》は一本也《いっぽんなり》。箸《はし》は二本也。衆寡《しゅうか》敵せずと知るべし」という捨てぜりふのような文句である。

明治の文壇ならずとも、筆一本で生計を立てていくことは困難な作業だ。緑雨のコラムをのせた新聞社の幸徳秋水《こうとくしゅうすい》や堺利彦ら友人たちは、原稿料のほかにいくばくかのカンパをそえて緑雨に手渡したという。

筆一本の暮らしは、包丁一本の世界よりはるかにきびしい。文運隆盛のようにみえる平成令和の世でも、自由業者というのはアパート一部屋借りるにも大変なのである。

今の作家は両手でキーボードを打つから、緑雨の時代よりはるかに楽だろうが、筆が二本になったわけではない。安易に物書きをめざすのは、ギャンブルにひとしい。

緑雨は伊勢の神戸《かんべ》の生まれだ。以前、その生地の鈴鹿市に、斎藤緑雨賞という異色の文学賞があったが、数年でつぶれた。いかにも緑雨にゆかりの文学賞らしくておもしろかった。一葉二十四歳、緑雨三十六歳。

筆一本で生きるのは大変である。二本の箸の重さを、ゆめゆめ忘るべからず。

『学恩』。私の一生は、この二文字に貫かれている。

大塚初重

恩師はかけがえのない財産である

大塚初重《おおつかはつしげ》先生は、日本考古学界の泰斗《たいと》である。松本清張さんの考古学への関心も、大塚さんのサジェスションによるところが大きい。

どちらかといえば重苦しい考古学の話題も、大塚さんの軽妙な語り口で聞かされると、めちゃ明るく楽しい世界のように思われてくる。

「学恩《がくおん》」という言葉は、大塚さんが学生時代に接したさまざまな人物について書かれたエッセイの中に見える言葉だ。考古学、歴史学、そして数多くの文学者の名前をあげて懐旧と感謝の念を記されているのだが、その数の多さに驚かされるところがあった。

後藤守一《しゅいち》、梅原末治、原田淑人《よしと》、長谷部言人《ことんど》、大類伸《おおるいのぶる》、青山公亮《こうりよう》、中村孝也《こうや》、岩崎小弥太、藤懸《ふじかけ》静也、和田清《せい》、三島一《はじめ》、藤田亮策《りようさく》、水野清一、金関丈夫《かなせきたけお》など、そのほかにも数多くの先輩、学者の名前があげられていて、門外漢の私などただ呆然と学問の世界の広さ深さに、感嘆するしかなかった。さらに明治大学では、舟橋聖一、阿部知二《ともじ》、土屋文明、平野謙、中村光夫などの文学者などが顔をならべるという壮観ぶりだったという。山本健吉、本多秋五《しゆうご》、佐藤正彰などの名前も懐かしい。

私も一応、文学部に籍をおいた時代もあるが、いま思い出すことのできる先生がたの名前は、十指にも満たない貧しさだ。「学恩」を感謝する大塚さんの人生を、ただうらやましく遠望するのみである。

壁の先には壁しかない

羽生結弦

ＯＨＦは思想する

「壁」ばやりである。私も九十歳の壁をやっとこえたと思ったら、その先にはさらに大きな壁が見えてきた。

「壁の向こうは、また壁だ」というのが人生の真理というものだろう。

それにしても超一流のアスリートたちの言葉には、哲学者を超える思想の深さがある。

一つの壁をこえたら、そこはパラダイスとはいかないのが人生というものだ。

大谷翔平、羽生結弦、藤井聡太の若き天才三人をまとめて、私はOHFと呼んでいる。NATOとか、EVとか、AIとか、そんな言葉の背後には、それなりの理由があるからだ。OHFに共通するのは、自分の言葉をもっていることだろう。

自分が何をやりたいのか、どうするつもりなのか、なぜそれをやるのか、それをちゃんと言葉で表現できる才能こそが、彼らOHFをして時代の寵児《ちょうじ》たらしめているのではあるまいか。

フィジカルの強さだけでは、勝負の世界で一流になることはできない。メタフィジカルなセンスに恵まれてこそ、勝負に勝てるのだ。

すぐれたアスリートは、決して肉体バカではない。その肉体そのものが、強靭《きょうじん》な思想に支えられているのである。

壁をこえればパラダイス、などというのは幻想にすぎない。壁の先には、また次の壁がそびえている。

無限に続く壁への挑戦。シーシュポスの岩の神話はすぐれて現代的だ。

喜劇役者は、自分の体の中に
矛盾したものを二つ以上
併せ持っていないといけない。

井上ひさし

国民的ヒーローの条件

これは井上ひさしが「渥美清《あつみきよし》とフランス座」というエッセイの中で、渥美清について語っている言葉の一節である。

山田洋次監督の「男はつらいよ」シリーズで国民的俳優となった渥美清だが、すでに浅草のストリップ劇場で役者をやっていた頃からただ者ではない風格があったという。

一九五〇年代のストリップ劇場は、なみの見世物小屋ではなかった。やがてくるアングラ劇場ブームの、いわば先駆けのような場所であったと言ってもいいだろう。浅草フランス座がストリップ界の東大とすれば、新宿フランス座が早稲田、池袋フランス座が立教、浅草ロック座が日大になぞらえられた時代である。

私も当時のストリップ劇場へはよく通った。なかでも新宿と池袋ではフランス座、浅草ではもっぱらロック座が定番だった。当時、仲間とやっていたパンフレット『現代芸術』のなかで、池袋フランス座のスターたちのことを書いた記憶もある。

のちに「すし長」という三島由紀夫なども通っていた店で、寅さん時代の渥美清に会ったことがあった。

ニコニコと愛想のいい応対だったが、どこかに鋭い批評眼がのぞいているような印象だった。井上ひさしは最初からそれを見抜いていたのだろう。三島由紀夫の没後五十年と、井上ひさしの没後十年が、同じ重みをもって感じられる今日この頃である。

ことさらに植へしにはあらずや　大正天皇

イメージ操作の今昔《こんじやく》

大正天皇は、病弱であったというイメージがある。たしかにどこか影の薄い天子さまという印象がつよい。

しかし、生涯を通じて病《やまい》がちであったわけではない。皇太子として各地を巡啓された時期は、青年らしく溌剌《はつらつ》とした言動が伝えられている。天皇の名代として、かなりのハードスケジュールを楽しんでこなされたようだ。

福岡、佐賀、長崎、熊本の四県を巡られた北九州巡啓では、多くの人びとと出会い、生き生きと対話された様子が語り伝えられている。

原武史氏の『大正天皇』（朝日文庫）によれば、香椎宮境内《かしいぐうけいだい》で松茸狩りに興じられた。この時、あまりに沢山《たくさん》とれるので、お付きの人にもらされた言葉が、「ことさらに植へしにはあらずや」だったという。

要するに事前に用意して松茸を植えておいたのではないか、というのだ。側近の配慮に笑いながら皮肉を言う皇太子の表情が目に浮かんで、ついほほえましく感じてしまうエピソードだ。ヤラセを見抜かれた人びとは、さぞかしあわてたことだろう。

幼少の頃からの口癖が、「これは何、それは何故《なぜ》?」であったともいう。

ユーモアと機知に富み、漢詩を巧みに作る一方で、周囲をはらはらさせる言動も多かった。それを神聖天皇にふさわしくない、と感じる重臣たちによって、さまざまなイメージ操作がなされたというが、真実は霧の中である。

島国では
ずばぬけた巨人は出てきにくい

本川達雄

大陸のサイズと島のサイズ

『ゾウの時間　ネズミの時間』（本川達雄著／中公新書）は、私がくり返して愛読している新書の一冊である。

本筋とちがった箇所にも、ユニークな意見が散在していて、そこが魅力なのだ。

ここに引用した文章は、人体のサイズというより知的レベルに関する意見である。

島国という環境では、エリートのサイズは小さくなり、ずばぬけた巨人と呼び得る人物は出てきにくい。逆に小さい方、つまり庶民のスケールは大きくなり、知的レベルはきわめて高い。大陸では常識はずれのことを考えたりしたりして、まわりから白眼視されても、よそへ逃げていけばよい。しかし島ではそうはいかない。出る杭《くい》は打たれる。だから大陸には強靭で雄大な思想が育ち、島ではそれに見合った人物が出る。

著者はアメリカと日本の民度のサイズを大陸と島の反映として、さりげなく語っているが、注目すべきは、いまは「大陸の時代」から「島の時代」へ移りつつあるのではないか、と指摘している点である。

それは地球全体が、一種の「島」化しつつあるからであるという。グローバリゼーションとは、拡大のイメージがあるが、じつは一つの「島化」の過程かもしれない。「大きな島」に生まれる思想とは、はたしてどのようなものなのだろうか。

人間という生物のサイズは、実際はどのあたりが最適なのだろう。

コドクというのは自慢なんですよ

安西水丸

簡単に孤独などと言ってはいけない

これは嵐山光三郎さんがニューヨークに俳句吟行をしたとき、故・安西水丸《あんざいみずまる》さんが漏らしたという言葉の一片である。『「世間」心得帖』（嵐山光三郎著／ちくま文庫）という卓抜なエッセイのなかで出てくるエピソードだ。

そのとき安西さんは、こんなふうに呟《つぶや》いたという。

「コドクって言葉にはドクが入ってるでしょ。だから小説家の荷風とか天才画家の国吉康雄とか野口英世とかじゃないとコドクと言っちゃいけないんですよ。コドクというのは自慢なんですよ」

言われてみれば、なるほどと納得する言葉である。以前『孤独のすすめ』などという本を書いた私としては忸怩《じくじ》たらざるを得ない。

出家して山林に隠遁した鴨長明は、はたして孤独だったのか。全然そんな感じではない。

孤独でいるときにこそ人は俗臭を発するものなのだ。

三十年以上前のことだが、私の小説集のブックデザインを安西さんにお願いしたことがあった。頂いたイラストには、車と、煙草の切れ端と、雑誌の表紙の片隅が描かれているだけで、人物の姿はなかった。とてもいい絵で、ずっと忘れることができない。

こんどその本を再刊するに当たって、またその絵を使わせて頂いた。嵐山さんのエッセイを読んで、いろんなことを考えさせられたものだった。

戦争は政治の延長である

クラウゼヴィッツ『戦争論』

新しい季節のはじまり

最近の世界情勢をみていると「戦前」どころか、すでに「戦中」であるとしか言いようがない。

ウクライナ、パレスチナばかりではない。世界各地に戦争の火種はくすぶっている。

政治はかたちを変えた戦争である、ともいえるだろう。

私たちは国家と共に生きている。政治と無関係に暮らすことはできない。税金を払い、一票を投じて政治に参加している。政治と無関係に生きることができない以上、戦争とも無縁ではありえない。

クラウゼヴィッツの論は古めかしいが、真実を衝《つ》いている。

私たちの周囲は政治の壁だらけだ。それがいきづまったとき、何がはじまるのか。「海の向こうの戦争」で、この国は幾度となくうるおってきた。奇蹟の成長の陰に戦争の余波があったことを、私たちは冷静に認めなければならない。

政治的対立は、世界の各地に満ち満ちている。その政治が、いまだに解決できない問題は山積している。政治が戦争の火種なのだ。その政治を放棄することが不可能な以上、戦争の可能性を否定することはできない。

私たちは幸福の青い鳥を求めるようにナイーヴに平和を求めるわけにはいかない。

戦後の夏休みは終わったのだと、肝に銘じて生きるしかないところまでさしかかったのである。

科学はあまりにも技術的、数学的になりすぎた

スティーヴン・W・ホーキング

現代科学の極限とは

これは『ホーキング、宇宙を語る』（林一訳／早川書房）の末尾で著者が述べている言葉の一節である。

今日まで、科学者はずっと、宇宙が何であるかを説明する新しい理論の展開に心を奪われていて、なぜと問うことができないでいる、と彼は言う。

そして、もし我々が完全な理論を発見すれば、そのときもし答えが見いだせれば、それは人間の理性の究極的な勝利となるだろう——なぜならそのとき、神の心を我々は知るのだから、と。

この本は世界中で一千万部以上も売れたという。凄いベストセラーである。しかし、私は二度その訳書を読み通したものの、ほとんど理解できなかった。

私に基礎的な数学や物理学の知識がなかったことが原因だろうが、それにしても宇宙を解き明かそうという科学者の企ては、恐ろしいほど深遠な世界を突っ走っている。神の心のすぐ近くまで現代科学は接近しているらしい。

そもそも科学というものは、神の創りたもうたこの世界を解き明かし、神の御業《みわざ》を讃《たた》えることを目的として出発したと教えられたことがある。

科学は行きつくところまで行くと、一回転して背後から神の世界に近づいていくのだろうか。星空を眺めながらロマンチックな詩情に浸っていた時代は、すでに遠く去っていってしまったのかもしれない。彼の言葉にふとそんなことを考えた。

きちんと「死」について教えない限り本当の「生きる力」は身につかない

山折哲雄

いま本当に求められていること

これは山折哲雄《やまおりてつお》さんが『わたしが死について語るなら』（ポプラ新書）の中で述べられている言葉の一節である。

人生百年時代といわれる昨今、長い人生をどう生きるかが、さまざまに論じられている。

しかし、山折さんのこの提言こそ、いま私たちが真剣に考えなければならない問題を最も正しく指し示しているのではあるまいか。

宗教哲学者である山折さんは、ご自分の体験をもとに、さまざまな古典と現代文学の底に流れる死生観を自在に読み解きながら、私たちが「共に生きる」と同時に、「共に死ぬ」存在であることを平易に、しかし確信をもって説かれている。

万葉集から阿久悠の歌まで、そして金子みすゞから宮澤賢治まで、日本人の心性に流れている短歌的叙情の背景にひそむ無常観を論じる山折さんの視線には、死を論理的に追求する近代文明への静かな批判がこめられているようだ。

八百万をこえるといわれる団塊の世代は、やがて一斉に退場する日を迎えなければならない。その後に続く世代も、いずれは同じ運命をたどることになる。

「君たちはどう生きるか」と同時に「われわれはどう死ぬのか」がいま問われているのだ。

若い世代に、そして子供たちに、生きることを教えると同時に、死ぬことの意味を本気で語ることが求められている。その重要さを改めて突きつけられている言葉だった。

幸福というものは苦労があって初めて分かるもの

佐藤愛子

時代が求める言葉

『幸福論』の類いは、苦しみがないときに読んでも何の役にも立たない、と佐藤さんは言う。

アランの『幸福論』に触れての言葉である。作家・佐藤愛子さんが九十何歳であろうと百歳であろうと、そんなことは関係がない。人は高齢にしてこの元気、と、そのことばかりを話題にするが、五十年前も今も佐藤愛子さんは少しも変わってはいない。変わったのは世の中のほうである。

私は少年のころ、佐藤さんの御父君である佐藤紅緑《こうろく》さんの小説を愛読して苦しい日々を耐えてきた。引揚船のなかでは、サトウハチロー作詞の歌を口ずさみつつ過ごしてきた。それでも当時は自分が苦労しているなどと考えてはいなかった。今ではそんな時代のことを、つくづく懐かしく思いだすだけだ。

敗戦後、私たち日本人は、ほとんど皆が苦労していたと思う。言いかえれば、幸福とは何かを分かっていたのではあるまいか。

いまの時代はそうではない。経済的にも社会的にも、格差は目に見えて拡大していくばかりである。一見、皆が幸せそうに見えて、実はそうではない。しかも、その格差は精神的なものにまでおよんでいる。

そんな時代が佐藤愛子さんの言葉を求めたのであって、佐藤さんはいわば被害者であると言っていいのかもしれない。

ともあれ、この時代に佐藤愛子さんの存在があってよかった、と皆が思っているのだ。

のぼれば落ちる水車

ことわざ

登りつめない生き方とは

昔は農村の風景のひとつが水車だった。
小川の水流を利用してエネルギーをつくりだす見事な発想である。
しかも田園の風物詩としても欠かせない存在だった。
汲《く》みあげられた水が、高みに達すると一転して下方へこぼれ落ちる。カーボンニュートラルなどとは無縁のエネルギーがそこから生まれる。

私が昔書いた小説に『艶歌』というレコード会社を舞台にした物語があった。それが映画化されたとき、主題歌を作詞したのが星野哲郎さんである。ズバリそのものの歌で、タイトルは『艶歌』だった。

その歌詞のなかで、星野さんは水車をイメージして味のある演歌を書いてくれた。星野さんの人生観には、常にどこか抑制の気配があったような気がする。自分からトップに立とうとしない。あるところで露出をセーブする。地味な存在のようでいて、作詞界の第一人者だった。

〈春は二重《ふたえ》に巻いた帯　三重《みえ》に巻いても余る秋〉（『みだれ髪』）

など、星野さんがつくりだした名文句は数え切れないほどある。それでいて登りつめない控え目な生き方には、「のぼれば落ちる水車《みずぐるま》」という抑制が働いていたのではあるまいか。詞の巧みさに溺れない寸止めのきいた名詞の数々を、いまさらのように懐かしく思い出す令和の歌の世界である。

この道はいつか来た道

北原白秋

詩人の予感したもの

私の母は小学校の教師だった。家にいるときも、オルガンを弾いて、よく独りでうたっていた。当時の小学校の先生は、いろんな科目を一人で教えなければならなかったので、オルガンを弾く練習をしていたのかもしれない。

そんななかで、いつも弾き語りをしていたのが、北原白秋作詞の「この道」である。

大正期の末に『赤い鳥』誌に発表されたこの歌は、母の若い頃の懐かしのメロディーだったのだろうか。

〽この道は　いつか来た道

そのフレーズは幼い私の頭にこびりついて、今も何かの折にふっとよみがえってくる。

この道の先にあるものは何か。

白秋の詩では「あかしやの花」であり、「白い時計台」であるのだが、本当は言葉にだせない時代相が背後に流れていたのではあるまいか。

と、いうのも、白秋の少年時代の無二の詩友であった中島白雨《はくう》の記憶が、彼の意識の底には深くこびりついていただろうからである。中島白雨は、日露戦争の頃、ロシア語を勉強していたために、露探《ろたん》（ロシアのスパイ）のフェイクニュースを仕立てられて、自死に追い込まれた少年だった。

大正から昭和へ。

その先に五・一五事件があり、二・二六事件がやってくる。

白秋が予感した「いつか来た道」は、あかしやの花や、白い時計台だけではなかった。

初出　『サンデー毎日』連載「ボケない名言」（二〇一五年五月〜二〇二四年一月）

五木寛之　いつき・ひろゆき

一九三二（昭和七）年九月福岡県生まれ。幼少期を朝鮮半島で過ごし四七年平壌より引き揚げ。五二年早稲田大学入学。五七年中退後、編集者、作詞家、ルポライター等を経て、六六年『さらばモスクワ愚連隊』で第六回小説現代新人賞、六七年『蒼ざめた馬を見よ』で第五十六回直木賞、七六年『青春の門』筑豊編ほかで第十回吉川英治文学賞、二〇〇二年、第五十回菊池寛賞、一〇年『親鸞』で第六十四回毎日出版文化賞特別賞受賞。『大河の一滴』『他力』『林住期』『旅立つあなたへ』『私の親鸞』『一期一会の人びと』『捨てない生きかた』『折れない言葉』『折れない言葉Ⅱ』など著書多数。

装丁　黒岩二三［Fomalhaut］

錆《さ》びない生《い》き方《かた》

第一刷　二〇二四年二月二九日
第二刷　二〇二四年三月三〇日

著　者　五木《いつき》寛之《ひろゆき》
発行人　小島明日奈
発行所　毎日新聞出版
〒一〇二-〇〇七四
東京都千代田区九段南一-六-一七　千代田会館五階
営業本部　〇三-六二六五-六九四一
図書編集部　〇三-六二六五-六七四五

印　刷　精文堂印刷
製　本　大口製本

ISBN978-4-620-32800-3